Unterwürfiger Köchin und andere Geschichten

Erika Sanders

Serie

Herrschaft und erotische Unterwerfung

Zusammenfassung

Dieses Buch besteht aus folgenden Geschichten:
Unterwürfiger Köchin
Verraten
Besser ein Dreier

Unterwürfiger Köchin ist ein Roman mit starkem erotischem BDSM-Inhalt und wiederum ein neuer Roman aus der Sammlung „Erotik Domination", einer Romanreihe mit hohem romantischem und erotischem BDSM-Inhalt .

(Alle Charaktere sind 18 Jahre oder älter)

Hinweis zum Autorin:

Erika Sanders ist eine bekannte internationale Schriftstellerin, die in mehr als zwanzig Sprachen übersetzt wurde und ihre erotischsten Schriften, fernab ihrer üblichen Prosa, mit ihrem Mädchennamen signiert.

Index

UNTERWÜRFIGER KÖCHIN UND ANDERE GESCHICHTEN
ERIKA SANDERS

UNTERWÜRFIGER KÖCHIN

ERSTER TEIL
GEGENSEITIGE ZUSTIMMUNG

KAPITEL 1

Der Brief war ein Segen.

Ich konnte meine Tränen kaum zurückhalten.

Cristina hatte gerade ihr Kochstudium abgeschlossen und ihr neues Catering-Unternehmen hatte einen holprigen Start.

Er stand in seiner kleinen Wohnung und überprüfte jedes Wort des handgeschriebenen Briefes.

Liebe Cristina,

Ich hoffe, dass dieser Brief Sie erreicht. Verzeihen Sie mir, aber ich benutze keine E-Mail. Und ich mag generell keine Telefonanrufe. Ich bin aus der Mode.

Ich bin ein Bekannter deiner Mutter. Wir haben uns vor einigen Wochen kurz auf der Party eines gemeinsamen Freundes kennengelernt. Ihre Mutter erwähnte beiläufig mehrmals Ihren Gastronomiebetrieb. Ich habe darüber nachgedacht und es klingt interessant. Ich habe noch nie einen Caterer engagiert.

Wenn Sie an einem neuen Kunden interessiert sind, kontaktieren Sie mich und vielleicht können wir eine Vereinbarung aushandeln. Ich bin ein schrecklicher Koch. Und ich habe gehört, dass du sehr gut bist.

Beste Wünsche und viel Glück mit Ihrem Geschäft,
Paul

Endlich, dachte sie. Das Glück begann auf ihn zuzukommen.

KAPITEL 2

Eine Woche später.

Cristina fuhr in ihrem alten, ramponierten Auto durch das wohlhabende Viertel.

Er erregte eindeutig Aufmerksamkeit, aber das war ihm egal.

Ich war froh, für einen möglichen Job in dieser Gegend zu sein.

Er parkte am Eingang der Adresse, die sie ihm genannt hatten.

Ich hatte keine Ahnung, wie Paul aussah.

Ihre einzige wirkliche Interaktion war ein kurzes Telefonat, um das Treffen zu vereinbaren.

Cristina klopfte an die Tür.

Eine ältere schwarze Frau antwortete.

Die Frau trug das Outfit eines Dienstmädchens.

Die Frau blieb seltsam still, als sie einander ansahen.

„Hallo", sagte Cristina verlegen. „Ich bin hier, um Paul zu sehen."

Die alte schwarze Frau nickte.

"Komm hier rein."

Cristina trat ein und das Dienstmädchen schloss die Tür.

Das Dienstmädchen führte sie die Treppe eines ziemlich großen Hauses hinauf.

Cristina sah sich mit neidvollen Augen um.

Alles war alt, dunkel und rustikal.

Überall waren Antiquitäten.

An den Wänden waren klassische Gemälde ausgestellt.

Sie kamen in einen Flur und das Dienstmädchen öffnete eine Tür, nachdem es zuerst geklopft hatte.

Cristina kam herein, dann ging das Dienstmädchen.

Es war ein Büroraum.

Paul saß hinter seinem Schreibtisch und arbeitete.

Er war ein gutaussehender Mann von etwa 40 Jahren.

Er hatte einen steinernen Gesichtsausdruck, den man nicht deuten konnte.

Sein Gesicht war perfekt zum Pokern.

Sein Gesicht blieb ausdruckslos.

„Bitte nehmen Sie Platz", sagte er.

Cristina war von seiner Anwesenheit und ihrem eigenen Mangel an Geschäftserfahrung eingeschüchtert.

noch nie einen Deal abgeschlossen .

Sie saß vor ihrem Schreibtisch.

„Sie müssen in dieser Branche neu sein", sagte sie.

"Warum sagst du das?"

„Ich konnte Ihre Nervosität spüren, als Sie hereinkamen. Sie sollten versuchen, sich zu entspannen. Machen Sie sich keine Sorgen, ich bin hier, um Ihnen bei allem zu helfen, was Sie brauchen."

Sie lächelte verlegen.

"Ich merke es mir."

„Okay. Erzählen Sie mir jetzt etwas über Ihr Catering-Unternehmen."

„Nun, es ist noch ziemlich neu", sagte er nach einigem Nachdenken. „Ich kann Mahlzeiten nach Ihren spezifischen Wünschen zubereiten. Wenn Sie Catering für eine Party benötigen, kann ich zusätzliche Leute einstellen. Ich habe viele Freunde aus der Kochschule."

„Das wird nicht nötig sein. Mir wäre es lieber, wenn du alleine arbeitest. So gibt es weniger Ärger."

Cristina nickte mit dem Kopf.

„Ich gehe davon aus, dass Sie alleine leben und möchten, dass ich Mahlzeiten für Sie zubereite?"

"Sehr schlau."

„Hatten Sie eine bestimmte Vereinbarung im Sinn?"

„Das kommt darauf an", antwortete Paul. „Du bist beschäftigt? Bist du beschäftigt?"

Sie lächelte ihn verlegen an.

„Im Gegenteil. Du bist mein erster richtiger Kunde. Ich habe hier und da kleine Dinge getan. Hauptsächlich für die Freunde meiner Mutter, die mir einen Gefallen getan haben."

„Möchten Sie kostenlose Unternehmensberatung? Geben Sie niemals eine Schwäche preis. Klingt nicht gut."

„Oh, sicher. Ich werde es mir merken."

„Was eine Vereinbarung betrifft", antwortete Paul. „Könnten Sie mir Mahlzeiten zubereiten? Mittag- und Abendessen."

„Klar. Das wird kein Problem sein."

„Ausgezeichnet. Ich möchte, dass die Mahlzeiten pünktlich um 11:30 Uhr morgens zu mir nach Hause geliefert werden. Montag bis Freitag."

„Natürlich", stimmte sie zu.

„Diese Vereinbarung gilt zumindest für die nächsten Monate. Jeder von uns hat jederzeit die Möglichkeit, die Vereinbarung zu kündigen. Verstanden?"

"Ja ich verstehe."

"Exzellent."

„Haben Sie irgendwelche Essensvorlieben?" fragte Cristina. „Zu meinen Spezialitäten zählen französische, italienische und verschiedene asiatische Gerichte ..."

Er schüttelte den Kopf.

„Das macht nichts. Bring sie einfach pünktlich her."

"Also."

„Lassen Sie uns nun die Zahlen besprechen. Wie klingen für Sie 100 Dollar pro Tag? Ist das fair?"

Cristinas Augen weiteten sich.

Die Arbeit und der angebotene Betrag waren viel mehr als ich erwartet hatte.

Ihr wurde klar, dass sie mit einem Welpenausdruck im Gesicht albern aussehen musste, also gewann sie ihre Fassung zurück.

„Das klingt vernünftig", antwortete er ruhig. "Ja das ist in Ordnung."

„Dann ist es geklärt. Kannst du morgen anfangen?"

„Kein Problem. Aber bist du sicher, dass du nicht zuerst meine Kochkünste ausprobieren willst?"

möchte mir während der Arbeit keine Sorgen um das Essen machen."

Cristina nickte mit dem Kopf.

„Okay. Ich verstehe. Darf ich fragen, was Sie tun? Ihr Haus ist wunderschön. Ich liebe die rustikale Atmosphäre."

„Ich habe in meinem Leben mehrere Dinge getan. Heute bin ich Kunsthändler. Außerdem handele ich mit seltenen Antiquitäten. Im Moment konzentriere ich mich auf mein Schreiben."

"Was schreibst du?" Sie fragte.

„Eine Memoiren. Ich behaupte nicht, jemand Berühmtes oder Wichtiges zu sein. Aber ich habe einige Geschichten zu erzählen. Es wäre eine Schande, wenn sie niemand hören würde. Ich arbeite auch an einigen Belletristikbüchern."

„Oh, das klingt interessant. Vielleicht kann ich sie eines Tages lesen. Ich liebe es, Biografien und Memoiren zu lesen."

Paul lächelte leicht.

„Ich glaube nicht, dass es dich interessieren würde."

"Warum nicht?"

„Es ist eine Vermutung. Aber wer weiß? Manchmal irre ich mich in diesen Dingen."

„Okay", Cristina nickte verlegen.

Paul stand auf und ging auf Cristina zu.

Sie verstand es und stand ebenfalls auf.

Paul war fast einen Fuß größer als sie.

Sein Körper überragte Cristinas dünnen, zierlichen Körper.

Er streckte seine Hand aus und sie schüttelten sich die Hand.

„Wir haben offiziell einen Deal", sagte er. „Ich erwarte die ersten Mahlzeiten morgen um 11:30 Uhr. Kommen Sie nicht zu spät. Ich dulde keinen Ungehorsam."

Sie schluckte.
"Jawohl."

KAPITEL 3

Cristina war immer noch beeindruckt von der Begegnung mit Paul.

Er legte sich aufs Bett und blickte an die Decke.

Das Angebot schien zu schön, um wahr zu sein.

Es war fast unglaublich.

Aber ich hatte Angst, dass es ein grausamer Witz gewesen war, dachte ich.

Er nahm sein Telefon und rief seine Mutter an.

Seine Mutter beantwortete seine Anrufe immer nach nur wenigen Klingeltönen.

Als er ans Telefon ging, verschwendete Cristina keine Zeit und erklärte ihm alles.

Kein Detail wurde ausgespart.

Cristina erzählte ihrer Mutter alles über das Angebot und alle Gefühle, die sie hatte, als sie Paul traf.

„Das ist wunderbar", antwortete ihre Mutter.

„Ich weiß. Es ist irgendwie verrückt, oder? Aber ich werde nichts davon glauben, bis ich dein Geld in der Hand habe. Bis dahin stelle ich mir das Schlimmste vor."

„Konzentrieren Sie sich auf positive Gedanken, Cristina. Ihr Geschäft kommt endlich in Schwung."

„Das hoffe ich. Ich meine, 100 Dollar pro Tag für zwei Mahlzeiten? Selbst wenn er mich nächste Woche feuert, werde ich trotzdem froh sein, dass ich so viel Geld verdient habe."

„Darüber würde ich mir keine Sorgen machen."

"Wie meinst du das?" fragte Cristina.

„Offenbar verfügt Paul über gute finanzielle Rücklagen."

„Mir wurde klar. Sein Haus war wie ein Museum."

„Da haben Sie es. Sie müssen sich keine Sorgen machen, dass seine Finanzen versiegen. Halten Sie ihn einfach mit tollen Mahlzeiten und großartigem Service bei Laune und kommen Sie nicht zu spät."

„Was wissen Sie über diesen Kerl?" fragte Cristina in einem ernsteren Ton. „Scheint ein bisschen seltsam, nicht wahr?"

Seine Mutter dachte einen Moment nach.

„Irgendwie. Ich habe ihn nur einmal auf einer Party getroffen. Er ist ein sehr kluger Kerl. Kein Unsinn. Unkompliziert."

„Er ist es definitiv", scherzte Cristina.

„Unterschätze ihn aber nicht. Er ist offenbar ein Liebling der Damen."

"Wirklich?"

„Das habe ich gehört. Halten Sie sich von seinem unwiderstehlichen Charme fern", scherzte er.

„Sehr lustig", antwortete Cristina. „Aber definitiv nicht mein Typ. Zu alt. Und zu langweilig."

„Ich freue mich, dass Ihr Unternehmen einen guten Start hat."

"Wir werden sehen."

„Konzentriere dich auf positive Gedanken, Cristina."

KAPITEL 4

Wochen vergingen.

Cristina hatte bereits Dutzende Mahlzeiten für Paul zubereitet.

Und sie hatte in dieser Zeit Tausende von Dollar verdient.

Der Tagesablauf war immer derselbe.

Steh früh morgens auf.

Kochen.

Alles sorgfältig in Behälter füllen.

Bringen Sie ihn vor 11:30 Uhr morgens zu Pauls Haus.

Komm nie zu spät.

Und gehorche niemals.

Eines Tages wurde Cristina gebeten, das mitgebrachte Mittagessen auf einem Teller in der Küche zuzubereiten.

Also hat sie es getan.

Es war das erste Mal, dass ich Aufgaben in Pauls Küche erledigte.

Sie war stolz auf ihr Essen.

Er wusste, dass es gut schmeckte, auch wenn Paul ihm nie ein Kompliment dafür gemacht hatte.

Er kam in Freizeitkleidung die Treppe herunter.

Wie immer war sein Gesicht fast ausdruckslos.

Er betrachtete das auf dem Esstisch präsentierte Essen und machte sich nicht die Mühe, es zu kommentieren.

„Soll ich jetzt gehen?" fragte Cristina unbeholfen.

„Bleiben Sie einen Moment. Ich möchte Sie etwas fragen."

"Also."

Paul saß am Esstisch, während Cristina stehen blieb.

„Welche weiteren Dienstleistungen bieten Sie an?" fragte. „Außer dem Kochen."

Cristina war überrascht und blieb standhaft.

Er bereitete sich auf weitere Fortschritte vor.

Ich war auf sexuelle Belästigung vorbereitet.

„Ich biete einen ehrlichen Catering-Service. Ich koche Gourmetgerichte. Das ist alles. Wenn Sie nach anderen Dienstleistungen suchen, empfehle ich Ihnen, sich woanders umzusehen."

"Und warum ist das?" fragte er streng.

„Ganz ehrlich, du bist nicht mein Typ."

„Du bist auch nicht mein Typ."

Sie fühlte sich noch mehr beleidigt.

„Sehen Sie, ich denke, unsere Vereinbarung funktioniert gut. Lasst uns dabei bleiben. Alles andere wird nicht funktionieren."

„Glaubst du, ich bitte um sexuelle Gefälligkeiten?" fragte.

Cristina erstarrte.

"Es ist nicht so?"

„Ich glaube es nicht."

Sein Gesicht wurde rot.

„Oh, es tut mir leid, Sir."

„Vergiss es", antwortete er. „Ich frage, weil mein Dienstmädchen bald in den Ruhestand geht. Wenn Sie mehr Zeit haben, könnten Sie mir vielleicht bei meinen Reinigungsaufgaben helfen."

"Was soll ich machen?"

„Nichts Schwieriges. Spülen Sie das Geschirr ab. Halten Sie alles sauber."

"Das muss ich mir noch überlegen."

„Sie werden natürlich gut entschädigt", antwortete er. „Und keine Sorge, ich werde dich nicht um Sex bitten. Du bist nicht mein Typ."

Sie errötete erneut.

„Es tut mir leid wegen vorhin. Aber ich werde darüber nachdenken. Warum nicht?"

„Bitte denken Sie über das Angebot nach. Meine Arbeit läuft reibungslos und ich würde mich über Hilfe bei der Instandhaltung des Hauses freuen."

„Du gehst nicht viel aus, oder?"

„Ich bin bereits um die Welt gereist und habe alles gesehen", antwortete er. „In diesem Teil meines Lebens konzentriere ich mich auf das Schreiben. Manchmal gehe ich aus. Ich liebe es immer noch, Sport zu treiben. Aber ich möchte mir keine Sorgen um den Unterhalt im Haushalt machen. Sie scheinen eine fähige junge Frau zu sein, also biete ich Ihnen an." Extra Arbeit."

Cristina nickte mit dem Kopf.

„Das ist sehr großzügig von dir."

„Mit dem zusätzlichen Geld könnte man sich eine neue Garderobe und ein neues Auto kaufen."

Sie war ein wenig verärgert über diesen Kommentar.

„Ich verstehe. Ich brauche Geld. Du musst es mir nicht unter die Nase reiben."

„Ich habe nicht versucht, es zu tun."

„Okay. Ich mache es. Ich erledige ein paar zusätzliche Reinigungsarbeiten für dich."

„Ausgezeichnet", antwortete er mit einem seltenen Lächeln. „Wir werden den Boden später besprechen."

Sie ging auf Paul zu und reichte ihm die Hand zum Händeschütteln.

Paul stand wie ein Gentleman auf und schüttelte ihr die Hand.

Der Deal war besiegelt.

ZWEITER TEIL
DIE GESCHLOSSENE TÜR

KAPITEL 5

Cristina hat es geschafft, einige andere Kunden für einige kleine Aufträge zu finden.

Aber den größten Teil seiner Arbeit erledigte er für Paul.

Sie bereitete ihre Mahlzeiten jeden Tag der Woche zu.

Mit der Zeit begann sie, mehr für ihn zu arbeiten.

Für etwas mehr Geld erledigte sie kleine Reinigungsarbeiten.

Cristina war schon immer eine desorganisierte Person, wenn es um die Hausarbeit ging, daher fand sie es ironisch, dass sie die Hausarbeit für jemand anderen erledigte.

Aber das Geld war gut, also war es ihm egal.

Das Geschirr musste auf eine bestimmte Art und Weise gereinigt und arrangiert werden.

Die Fenster mussten makellos sein.

Die Möbel mussten staubfrei sein.

Paul hat die Böden selbst gereinigt.

Paul war ein ganz besonderer Mensch.

Und diese Eigenschaften machten Cristina manchmal verrückt.

Aber das Geld war gut.

In gewisser Weise war Cristina stolz darauf, Paul helfen zu können.

Auf seltsame Weise hatte ich das Gefühl, dass ich Paul dabei half, sein Ziel zu erreichen, seine Bücher schreiben zu können.

Sie kümmerte sich um ihn als Person.

KAPITEL 6

Der Esstisch war aufgeräumt.

Das Mittagessen war fertig.

Cristina schaute auf den Teller und bewunderte ihre schöne Arbeit.

Die Kochschule hatte sich gelohnt.

Er konnte es kaum erwarten, dass Paul es probierte, auch wenn Paul nie Komplimente machte.

Paul kam ungewöhnlich spät zum Abendessen.

Er kam nie zu spät.

Die Tür oben stand leicht offen und Cristina lauschte eifrig dem Tastendruck.

Sie wusste, dass er immer noch beschäftigt war.

Sie ging zur Treppe und überlegte, ob sie ihn anrufen sollte oder nicht.

Sie wollte ihre Arbeit nicht unterbrechen.

Aber sie wusste, dass Paul ein Mann war, der Ordnung brauchte.

Vielleicht haben Sie das Zeitgefühl verloren?

Dann sah sie sie.

In der Nähe der Treppe stand die Tür offen, leicht geöffnet.

Es war ein Raum, von dem Paul gesagt hatte, er sei tabu.

Paul wollte, dass ich alle Zimmer außer diesem Zimmer putze.

Cristinas Neugier erreichte ihren Höhepunkt.

Ich konnte Paul immer noch oben schreiben hören.

Sie wollte einen Blick in den Geheimraum werfen.

Ich wollte Pauls kleine Geheimnisse kennenlernen , egal wie klein.

Sie interessierte sich für ihn.

Sie interessierte sich für den Mann, dem sie seit Wochen diente.

Er machte ein paar ruhige Schritte zur Tür.

Sie steckte ihren Kopf hinein.

Der Raum war dunkel.

Er schaltete das Licht ein und der Raum war hell erleuchtet.

Zu Cristinas Überraschung war das Schlafzimmer der am wenigsten elegante Ort im Haus.

Aber alles sah aus wie Antiquitäten.

Er ging hinein und sah sich um.

Es gab eine Vielzahl von Geräten aus Holz und Metall.

Die Entwürfe schienen aus dem Mittelalter zu stammen.

Die Geräte schienen groß genug zu sein, dass eine Person darauf sitzen oder liegen konnte.

An der Wand hingen mehrere Peitschen und Ketten.

Auf einem Tisch in der Nähe lagen viele Seile.

Cristina berührte mit ihrem Finger ein Metallgerät.

Sie reichte ihm ihren Finger und sah ihn an.

Seine Fingerspitze war mit einer feinen Staubschicht bedeckt.

Der Raum wurde lange Zeit nicht genutzt.

„Du solltest nicht hier sein“, sagte Paul von hinten.

Cristina war vom Klang seiner Stimme überrascht und zuckte zusammen.

Sie drehte sich um und sah Paul an der Tür stehen.

"Oh es tut mir leid."

„Habe ich nicht gesagt, dass dieser Raum außerhalb Ihrer Pflichten liegt?“ fragte er und ging beiläufig hinein.

„Ich weiß. Aber es war offen und ich war neugierig. Ich dachte, vielleicht wolltest du, dass ich es reinige.“

„Nein. Ich hatte vor, es später selbst zu reinigen.“

Cristina schluckte.

„Dein Essen ist fertig. Es wird langsam kalt.“

„Es kann warten“, antwortete er und ging in den Raum, um sich die Geräte anzusehen . „Man muss sich fragen, worum es hier geht.“

„Es sieht aus wie eine mittelalterliche Folterkammer.“

„Da hast du fast Recht. Einige dieser Dinge wurden vor Jahrhunderten im Mittelalter gebaut. Aber nicht unbedingt zur Folter."

„Wofür dann?"

„Vergnügen. Sexuelles Vergnügen", antwortete er unverblümt.

Cristina war überrascht.

„Ich kann mir nicht vorstellen, wie. Diese Dinge sehen so schmerzhaft aus."

"Das ist der Punkt."

„Also handelt es sich im Grunde genommen um Fesselgeräte?"

Er nickte.

„Diese Fetische gibt es schon seit Jahrhunderten. Können Sie glauben, dass diese Geräte für königliche Familien und Adlige gebaut wurden?"

„Es würde mich nicht wundern. Die meisten reichen Leute sind ein wenig verdorben."

Er hob eine Augenbraue.

„Schließt mich das ein?"

„Oh nein, ich meinte nicht dich", sie wich schnell zurück.

„Das war nur ein Scherz."

Cristina entspannte sich.

„Natürlich. Warum sind all diese Dinge in diesem Raum eingesperrt? Warum verkaufst du sie nicht an ein Museum oder so?"

„Vielleicht eines Tages. Aber jetzt schreibe ich in meinem Buch darüber. Ich hatte auch vor, Fotos von ihnen zu machen. Deshalb war der Raum offen."

„Ihr Buch muss interessant sein."

„Das hoffe ich", antwortete er. „Ich habe über Sex geschrieben. Die Art von sexueller Dominanz und Sklaverei."

Cristina zog die Augenbrauen hoch.

„Wirklich? Du scheinst nicht der Typ Mann für so etwas zu sein."

„Also, wie sehe ich für ein Typ aus?"

„Ich weiß es nicht. Weich. Erdbeere. Nichts für ungut."

„Nichts für ungut", antwortete er. „Ich war vor Jahren ein ganz anderer Mensch. Ich war nicht immer so zurückgezogen."

"Was hat sich geändert?"

Paul rieb seine Finger an einem Metallgerät.

„Das ist eine lange Geschichte. Du kannst mein Buch lesen, wenn ich mit dem Schreiben fertig bin."

„Nun, ich freue mich darauf. Es hört sich an, als hätten Sie einige interessante Geschichten zu erzählen."

„Weißt du, was ein Meister ist?" fragte.

„Nur das Wesentliche", zuckte er mit den Schultern. „Ein Typ, der Frauen herumkommandiert. Peitschen. Ketten. Spanking. So etwas in der Art, oder?"

„Irgendwie. Ich war für viele unterwürfige Frauen ein Meister. Schöne Frauen mit dunklen Wünschen."

„Hast du sie geschlagen?" sie fragte neugierig.

"Manchmal."

„Was stimmt mit diesen Geräten nicht?" Sie fragte. „Hast du sie jemals bei deinen Sklaven angewendet?"

„Gelegentlich. Aber die Methoden sind nicht wichtig. Es geht nicht um die Tracht Prügel oder die Geräte. Es geht um Hingabe. Sie geben mir ihre Körper. Und ich mache mit ihnen, was ich will. Am Ende ist das Vergnügen gegenseitig."

Cristina schwieg einen Moment.

Er sah Paul direkt in die Augen und wusste, dass jedes Wort, das er sagte, wahr war.

Sie wusste, dass Paul damit Erfahrung hatte.

Sie wusste, dass Paul sich danach sehnte, es noch einmal zu tun.

„Dein Essen wird kalt", sagte er.

„Ist das alles, was dich interessiert?"

Sie erstarrte für einen Moment.

„Nun ja, für das Catering hast du mich engagiert, oder?"

„Du bist ein kluges Mädchen", sagte er mit einem leichten Lächeln. "Ich beginne dich zu mögen."

Paul ging hinüber und klopfte Cristina freundlich auf die Schulter.

Dann drehte er sich um und verließ den Raum, während Cristina von der unangenehmen Begegnung verwirrt war.

Sie folgte ihm ins Esszimmer und sah ihm beim Essen zu.

KAPITEL 7

Später in derselben Nacht.

Es war der Anruf, den Cristina in den letzten Monaten befürchtet hatte.

"Als?!" fragte Cristina.

„Endlich ist es soweit", antwortete seine Mutter. „Dein Vater und ich werden dich nicht länger finanziell unterstützen. Wir glauben, dass du alt genug bist, um für dich selbst zu sorgen."

„Ihnen ist klar, dass das Leben in der Stadt teuer ist, oder?"

„Schatz, niemand zwingt dich, in der Stadt zu leben. Du kannst immer näher an dein Zuhause ziehen und etwas günstigeres zum Wohnen finden."

„Nein, danke", seufzte Cristina.

„Ich weiß nicht, warum du dich so überrascht verhältst. Ich habe dich schon seit ein paar Monaten gewarnt. Als ich in deinem Alter war, habe ich..."

„Die Zeiten haben sich geändert, Mama. Hast du die Nachrichten gesehen? Diese wirtschaftliche Situation ist schwierig. Die Lebenshaltungskosten sind verrückt."

„Aber Ihr Geschäft boomt", antwortete ihre Mutter.

"Kaum."

„Man muss ein bisschen mehr Geschäftssinn haben, wenn man erfolgreich sein will. Es gibt so viele potenzielle Kunden in der Stadt. Man muss sie nur finden. Du bist ein toller Koch und ein guter Mensch. Daran vertraue ich." Du, Cristina.

„Ja, da hast du recht. Ich habe darüber nachgedacht, mehrere Unternehmen zu kontaktieren, um zu sehen, ob sie Party-Catering benötigen."

„Das ist der Unternehmergeist", antwortete seine Mutter stolz.

„Wenn das Leben nur so einfach wäre."

„Gute Dinge kommen, wenn man hartnäckig ist. Apropos, arbeiten Sie immer noch mit Paul zusammen? Wie läuft das?"

„Es läuft gut", sagte Cristina vage.

„Nun? Das ist es? Irgendwelche interessanten Details?"

„Nicht wirklich. Ich koche fünf Tage die Woche für ihn. Er zahlt mir viel Geld für den Service, den ich anbiete. Er ist irgendwie ein seltsamer Typ."

„Schau mal, wer redet", scherzte seine Mutter.

"Lustig."

„Ich mache nur Spaß. Du hast recht. Paul scheint ein wenig distanziert zu sein. Er ist aber ein kluger Kerl."

„Er ist definitiv eine interessante Person", antwortete Cristina. „Und er sorgt dafür, dass ich beschäftigt bin. Ich kann mich also nicht beschweren."

„Das sollten Sie auch nicht. Wenn Sie wollen, dass Ihr Unternehmen wächst, sollten Sie Ihre Kunden immer zufrieden stellen. Das hat bei mir immer funktioniert."

Cristina blieb einen Moment stehen.

„Weißt du, du hast mich gerade auf eine Idee gebracht."

„Ich bin mir nicht sicher, ob mir der Klang gefällt."

„Danke Mama. Du bist die Beste."

„Nun, pass auf dich auf, Cristina. Ich unterstütze dich immer. Ich liebe dich."

"Ich liebe dich auch, Mama."

Nachdem das Gespräch beendet war, war Cristina fest entschlossen.

Sie war entschlossen, ohne die Hilfe ihrer Eltern erfolgreich zu sein.

KAPITEL 8

Am nächsten Tag.

Cristina wartete aufmerksam, während Paul sein Mittagessen aß.

Sie putzte die Küche und erledigte einige Hausarbeiten für ihn.

Als Paul mit dem Essen fertig war, kehrte sie ins Esszimmer zurück und nahm ihm den Teller ab.

Bevor Paul gehen konnte, stand sie in respektvoller Haltung vor dem Esstisch.

„Ich habe nachgedacht", sagte Cristina mit gefalteten Händen. „Diese Vereinbarung hat wirklich gut geklappt. Ich habe mich um die meisten Mahlzeiten und die Hausarbeit gekümmert , sodass Sie sich auf Ihre Arbeit konzentrieren können."

Paul lehnte sich zurück, denn er wusste, dass ihm ein Vorschlag bevorstand.

„Ich stimme zu. Das hat gut funktioniert. Besser als ich erwartet hatte."

„Also, wie würden Sie sich fühlen, wenn ich meine Aufgaben hier erweitern wollte? Natürlich für zusätzliches Geld."

„Du tust bereits mehr als ich brauche. Und ich zahle dir bereits ein äußerst großzügiges Gehalt."

„Das weiß ich zu schätzen", sagte Cristina höflich. „Aber du würdest mehr davon profitieren, wenn ich mehr Dinge für dich tun würde. Die Berührung einer Frau ist für einen alleinstehenden Mann immer hilfreich."

Paul dachte einen Moment nach.

„Das ist ein interessanter Punkt. Fahren Sie fort."

„Ich bin mir sicher, dass ich noch viele andere Dinge für Sie tun könnte."

„Wie was?"

Cristina war einen Moment nachdenklich.

„Nun, das liegt an Ihnen. Vielleicht könnte ich diese Geräte im verschlossenen Raum reinigen. Der Raum war staubig. Ich könnte zusätzliche Reinigungsarbeiten erledigen. Und vielleicht könnte ich eine Party für Sie veranstalten."

„Warum bist du plötzlich so an mehr Geld interessiert?" fragte Paul.

„Ich denke, Sie könnten die Berührung einer Frau ausnutzen. Denken Sie an all die Partys, die Sie veranstalten könnten. Die Leute würden das Essen lieben. Ihr soziales Leben wäre großartig."

„Sag mir die Wahrheit. Warum brauchst du zusätzliches Geld?"

Cristina hielt einen Moment inne.

„Meine Eltern werden mir kein Geld mehr geben. Und die Miete in dieser Stadt ist überwältigend. Wenn ich hier sonst noch etwas erledigen muss, erledige ich es gerne."

Paul nickte mitfühlend.

„Ich mag dich als Person, Cristina. Du arbeitest hart und hast Spaß dabei. Aber ich werde dir kein kostenloses Geld geben, besonders wenn ich dich bereits gut bezahle."

„Ich verstehe", antwortete Cristina und versuchte, ihre Traurigkeit zu unterdrücken. „Danke trotzdem, dass du mir zugehört hast. Ich bin morgen wieder da."

„Ich habe meinen Endpunkt noch nicht erreicht", fügte er hinzu. „Ich werde versuchen, mir etwas auszudenken. Etwas, das zu Ihren Fähigkeiten und Eigenschaften passt. Wenn ich etwas finde, lasse ich es Sie wissen und Sie werden dafür belohnt. Klingt das fair?"

Sie lächelte.

"Klingt gut".

KAPITEL 9

Die Tage vergingen.

Paul hat nie ein Angebot gemacht.

Cristina hat ihn nie gefragt, weil sie nicht belästigen wollte.

Sie bereitete Pauls Mittagessen wie gewohnt zu.

Paul kam früher als gewöhnlich nach unten ins Esszimmer.

Er saß da und wartete, während Cristina noch alles vorbereitete.

„Es sieht gut aus", sagte er, als Cristina den Teller mit dem Essen brachte.

Es fühlte sich für ihn wirklich wie ein seltsamer Moment an, ihr zu gratulieren.

„Danke. Es ist Lammbraten mit einer Beilage gebackenem Gemüse."

Paul setzte sich neben ihn.

„Setzen Sie sich. Ich möchte etwas mit Ihnen besprechen."

Cristina saß da und wartete auf das, was er zu sagen hatte.

„Ich habe über Ihre Bitte um mehr Arbeit nachgedacht", sagte er. „Besonders über das Bedürfnis nach einer weiblichen Note hier. Wie auch immer, ich komme gleich zur Sache, ich könnte einiges davon als Inspiration für mein Schreiben gebrauchen."

„Inspiration? Wie?"

„Vielleicht könntest du für mich posieren. Ich habe in letzter Zeit mit einer Schreibblockade zu kämpfen und etwas zum Anschauen könnte helfen."

Cristina machte einen besorgten Gesichtsausdruck.

„Bist du sicher, dass du nicht willst, dass ich eine Party für dich schmeiße oder so? Das wird wahrscheinlich besser funktionieren."

„Ich habe kein Interesse daran, eine Party zu schmeißen", antwortete er und lehnte sich in seinem Stuhl zurück. „Es tut mir leid, ich habe nur gefragt. Es war unangemessen."

Sie dachte einen Moment nach.

„Wie viel Geld würden Sie anbieten?"

"Es hängt alles ab."

"Von?"

„Von der Arbeit, die Sie leisten werden", sagte er. „ Ich habe noch nie ein Model engagiert . Aber ich weiß, dass es mir beim Schreiben helfen würde."

„Na ja, das werde ich mir merken."

„Nicht. Es war ein Fehler zu fragen. Wenn es dir nichts ausmacht, würde ich jetzt gerne essen. Ich habe später noch andere Dinge zu erledigen."

"Ich werde das machen!" Cristina schnappte.

"Das?"

„Der Modeljob, den du mir angeboten hast. Niemand wird es erfahren, oder? Es bleibt strikt unter uns, oder?"

„Das stimmt", stimmte er zu. „Es wird keine Aufzeichnungen darüber geben. Ich brauche nur die Inspiration."

"Ich bin interessiert."

Paul seufzte leicht.

„Ich glaube nicht, dass du das verstehst. Ich habe mein Angebot voreilig abgegeben. Ich glaube nicht, dass mein Geschmack dir entspricht."

"Warum nicht?"

„Weil du im Dominanzraum so unbehaglich aussahst."

Cristina war etwas überrascht.

Plötzlich wurde ihm klar, dass Paul nach Inspiration für seine Dominanzgeschichten suchte.

Aber trotzdem dachte er über das Geld nach.

„Ich kann lernen, damit klarzukommen", antwortete sie. „Gib mir einfach Zeit. Solange es niemand weiß, wird es mir gut gehen."

Paul warf ihm einen langen, skeptischen Blick zu.

„Wie Sie wünschen. Kommen Sie morgen früh um halb neun hierher. Von da an kümmern wir uns um alles."

"Danke schön."

Cristina stand auf und streckte ihre Hand zum Händedruck aus.

Paul streckte die Hand aus und schüttelte ihr die Hand.

KAPITEL 10

Später in derselben Nacht.

Cristina war in der Küche und bereitete die Mahlzeiten für den nächsten Tag vor.

Sie wusste, dass sie am nächsten Tag keine Zeit dafür haben würde, da Paul erwartete, dass sie um halb acht morgens dort sein würde.

Nachdem alles vorbereitet war, schaute Cristina in den Spiegel.

Sie fragte sich, ob sie hübsch genug war, um für Paul zu modeln.

Er fragte sich, welche Überraschungen sich im Raum befanden.

Ob es süß wäre oder nicht.

Und er fragte sich, über wie viel Geld wir redeten.

Paul war stets großzügig mit finanziellen Zahlungen gewesen.

Vor allem fragte er sich, wie viel Dominanz Paul sehen wollte.

Cristinas rationale Seite kontrollierte die Situation: Geld ist gut.

Und niemand wird es jemals erfahren.

Mein kleines Geheimnis mit Paul.

Sie zog sich aus und probierte vor dem Schlafzimmerspiegel ein paar hübsche Outfits an.

Schließlich entschied sie sich für ein schlichtes gelbes Kleid.

Es war nicht allzu aufschlussreich.

Und prüde war er auch nicht.

Es war die richtige Mitte.

Sie bürstete ihr Haar und überlegte, wie viel Make-up sie verwenden sollte.

Also beschloss sie, es nicht zu tun.

Es würde die Situation zu peinlich machen.

Alles war bereit.

Sie war bereit für die Arbeit.

KAPITEL 11

Der Morgen des nächsten Tages.

Cristina erschien um Viertel nach acht bei Paul.

Sie wollte sicherstellen, dass sie im Voraus vorbereitet war.

Sie trug ihr gelbes Kleid.

Ihr Haar war ordentlich gekämmt und ihr Gesicht war frei von Make-up.

Sie war schon von Natur aus hübsch.

Nachdem Cristina die Lebensmittelbehälter in den Kühlschrank in der Küche gestellt hatte, saßen sie gemeinsam im Privatzimmer auf den Holzgeräten.

"Woran denkst du?" fragte Cristina.

„Das kommt darauf an. Wo sind deine Grenzen?"

Cristina zuckte mit den Schultern.

„Ich weiß es nicht. So etwas habe ich noch nie gemacht."

„Dann sollten wir es wohl besser herausfinden."

Cristinas Augen suchten noch einmal kurz den Raum ab.

Es war der langweiligste Raum im Haus.

Die Wände waren glatt.

Aber es gab alte Geräte in verschiedenen Größen und Formen.

Sie sahen alle so einschüchternd aus.

„Ich werde aufgeschlossen bleiben", sagte er. „Aber ich mag keine Schmerzen. Und ich möchte nicht, dass du mich zu schnell drängst . Es besteht kein Grund zur Eile. Okay?"

Er nickte.

„Danke, dass Sie sich klar ausgedrückt haben. Sie sollten wissen, dass ich ein sehr geduldiger Mann bin. Ich habe das viele Jahre lang mit unzähligen unterwürfigen Frauen gemacht. Ich dränge nie stärker, es sei denn, sie ist bereit."

Diese Worte lösten bei Cristina ein seltsames Gefühl im Rücken aus.

Ich konnte nicht aufhören, über den Ausdruck „unterwürfige Frauen" nachzudenken.

In einem Augenblick wurde ihr klar, dass sie durchaus in der gleichen Lage sein könnte wie diese „unterwürfigen Frauen".

„Okay", sie nickte. „Danke. Wie sollen wir also anfangen?"

Paul stand auf, ging langsam durch den Raum und betrachtete jedes einzelne Gerät, während Cristina in einer zurückhaltenden Haltung saß.

Er betrachtete jedes Gerät auf eine Weise, die Cristina nervös machte.

„Waren Sie schon einmal gefesselt?" fragte Paul.

Cristina schüttelte den Kopf.

"Offensichtlich nicht."

"Würdest du gerne ... sein?"

„Weiß nicht."

Er deutete auf den Holztisch.

"Warum nicht versuchen?"

„Ich weiß es nicht", sie zuckte nervös mit den Schultern.

„Ist das zu viel für dich? Ich muss mir etwas ansehen, um mich inspirieren zu lassen. Dir dabei zuzusehen, wird mir nicht viel helfen."

Cristina stand langsam auf und holte tief Luft.

"Ich werde tun was du willst."

„Bist du sicher? Cristina, ich möchte nicht, dass du etwas tust, womit du dich nicht wohlfühlst. Ich kann andere Wege finden, dich zu bezahlen."

Sie holte noch einmal tief Luft.

„Nein, da bin ich mir sicher. Wir haben uns darauf geeinigt, als Model zu arbeiten, und ich habe vor, weiterzumachen."

"Bist du sicher?"

„Ja, völlig."

„Dann leg dich hin", sagte Paul und zeigte auf den Holztisch.

Der Tisch sah schrecklich unbequem aus.

Es sah alt und rustikal aus.

Aber es war niedrig genug, dass eine Person problemlos darauf liegen konnte.

Auf jeder Seite des Tisches befanden sich alte Metallstangen, was bei Cristina ein unbehagliches Gefühl hervorrief.

Er schob seine Gefühle beiseite und lehnte sich auf dem Tisch zurück.

Es war schmerzhaft und unangenehm, wie sie erwartet hatte.

Sie war überzeugt, dass der Tisch für Folter und nicht für Vergnügen gedacht war.

Er fragte sich, wie jemand Freude an so etwas haben konnte.

Er legte sich in die Mitte des Tisches und blickte direkt an die Decke.

„Ich werde deine Handgelenke fesseln", sagte er und stand über ihrem Kopf.

Sie schwieg einen Moment, während sie Pauls Gestalt betrachtete, die über ihr stand.

„Okay", antwortete sie und hielt ihre Handgelenke hoch. "Nach vorne."

Paul nahm sanft ihre Handgelenke und führte sie zu der Metallstange auf dem Tisch.

Die Bar war kalt, wie sie erwartet hatte.

Die Textur auf seiner Haut war nicht sehr glatt, was ein Zeichen dafür war, dass der Riegel vor langer Zeit, vor modernen Maschinen, hergestellt wurde.

Er spürte, wie seine Handgelenke mit einem dicken Seil an die Stange gefesselt wurden.

Cristina machte sich nicht die Mühe, hinzusehen.

Sie behielt die Decke im Auge.

„Tut weh?" fragte.

"Mir geht es nicht gut."

Seine Schritte waren im ganzen Raum zu hören.

Cristina machte sich nicht die Mühe, Paul anzusehen.

Aber er fragte sich, was Paul wohl dachte.

Sie in einem hübschen Kleid und mit gefesselten Handgelenken zu sehen, muss für Paul aufregend sein, dachte er.

„Erzähl es mir noch einmal", sagte er. „Was ist Ihr Limit?"

Sie schluckte.

„Tu mir bloß nicht weh."

„Darf ich dein Kleid öffnen?" fragte er mit sanfter Stimme.

"Nein, nicht das."

„Dann habe ich wohl andere Grenzen", antwortete er mit einem leichten Gefühl der Belustigung.

"Ich schätze."

"Kann ich dich berühren?" fragte. „Es ist völlig in Ordnung, wenn du dich weigerst. Aber da wir schon so weit gekommen sind, siehst du auf jeden Fall attraktiv aus."

„Wenn du willst", antwortete er schüchtern.

„Es geht nicht darum, was ich will. Es geht darum, womit du dich wohl fühlst."

Einen Moment lang haderte er mit seinen Gedanken.

„Ich fühle mich damit wohl. Es ist okay. Mach weiter, wenn du willst. Ich meine, ich fühle mich damit wohl."

„Bist du sicher, Cristina? Ich möchte dich nicht unter Druck setzen, wenn du dich nicht wohl fühlst."

„Solange du, weißt du..."

„Solange ich Sie finanziell entschädige?" fragte er halb amüsiert.

Sein Ton und seine Formulierung ließen Cristina sich noch unwohler fühlen.

„Ja", antwortete sie.

„Darüber müssen Sie sich keine Sorgen machen."

Cristina erwartete als Antwort einen sarkastischeren Witz, aber Paul hatte zu Ende gesprochen.

Er ging auf sie zu, während sie weiterhin auf dem Tisch lag.

Cristina sah, wie er ihren Körper betrachtete.

Sie war offensichtlich nervös.

Sie wusste nicht, was er vorhatte.

Seine Augen weideten und wanderten über ihren Körper.

Endlich war es entschieden.

Und er machte seinen Schritt.

Paul griff nach unten und berührte Cristinas Knie.

Es war eine plötzliche Berührung, die sie überraschte.

Sie schauderte.

„Geht es dir gut, Christina?"

„Mir geht es gut. Das habe ich einfach nicht erwartet."

Er ließ seine Hand weiter über ihren Oberschenkel gleiten.

Seine Hand glitt tiefer, bis sie unter ihrem gelben Rock war.

Es bereitete Cristina Unbehagen, verursachte aber auch ein Kribbeln zwischen ihren Beinen.

Sein Blick blieb auf die Decke gerichtet.

„Macht es Ihnen etwas aus, wenn wir weitermachen?" fragte. „So weit sind wir schon gekommen."

„Mach weiter. Es ist mir egal."

"Bist du sicher?"

"Ich bin sicher."

Paul hob Cristinas Rock und schob sie hoch.

Ihr Höschen war freigelegt.

Paul schob seine Hand unter Cristinas Höschen.

Natürlich schauderte sie erneut, hielt sich aber zurück.

Pauls Hand rieb seinen Schritt.

Cristinas Körper und Füße waren angespannt.

„Du musst dich entspannen", sagte Paul. „Sonst bringt das nicht viel."

"Also."

Cristina tat alles, um ihren Körper zu entspannen.

Sein Blick blieb an der Decke hängen.

Es war ihr zu peinlich, Paul anzusehen.

Sie erlaubte ihm einfach, ihren Schritt zu streicheln.

Sie schnappte nach Luft, als Paul mit ihrer Klitoris spielte.

Es war ein Schritt, den ich nicht erwartet hatte.

Sein natürlicher Instinkt bestand darin, Pauls Hand auszustrecken und wegzustoßen, sich dann zu bedecken und Paul dann ins Gesicht zu schlagen, aber die Fesseln um seine Handgelenke waren fest.

Sie zog sanft, aber ohne Erfolg.

„Versuchst du rauszukommen?" fragte Paul. „Wenn du ausgehen willst, sag es mir einfach und ich werde dich sofort losbinden."

„Es tut mir leid. Es war eine reflexartige Reaktion."

„Nun, reagiere nicht so. Das ist nicht die Reaktion, die ich will."

„Es ist in Ordnung, es tut mir leid."

Pauls Finger bewegten sich in einer wütenden Kreisbewegung über ihre geschwollene Klitoris.

Cristina hatte keine andere Wahl, als nach Luft zu schnappen.

Sie war zu schockiert, um ihre Gefühle zu unterdrücken.

Die Finger hörten nicht auf.

Es war ein schönes Vergnügen.

Sie schloss die Augen und genoss Pauls Vergnügen.

Es war ein prickelndes Gefühl, das seinen Körper durchströmte.

„Ich merke, dass du nah dran bist", sagte er. „Entspann dich. Es ist fast vorbei."

Mit immer noch geschlossenen Augen erlaubte sich Cristina, Pauls Finger zu genießen, die sich an ihrer zarten kleinen Klitoris erfreuten.

Es vergingen Augenblicke, bis Cristinas Finger steif wurden.

Kurze keuchende Geräusche kamen über seine Lippen.

Er kniff die Augen zusammen.

Seine Muskeln zogen sich zusammen.

Es war ein Orgasmus, der trotz all der Spannungen in ihrem Leben wohlverdient war.

Schließlich entspannte sich ihr Körper und Paul nahm seine Hand von ihrem Höschen.

Er schob ihr Kleid wieder in die richtige Position.

Sie tätschelte Cristinas Oberschenkel, als hätte sie etwas richtig gemacht.

„Es hat dir auf jeden Fall gefallen", sagte Paul, als er begann, ihre Handgelenke zu lösen.

Cristina fühlte sich befreit.

Sie stand aufrecht und rieb sich die Handgelenke, die vom Seil leicht gerötet und wund waren.

Das Orgasmusgefühl half, den Schmerzen entgegenzuwirken.

„Mir hat es gefallen", antwortete sie. „Es war schön. Wirklich schön. Gott, ich habe mich schon lange nicht mehr so gefühlt. Ich meine, nicht so gut, wie du es gemacht hast."

„Ich freue mich, dass es dir gefallen hat. Es hat viele Erinnerungen geweckt, die mir beim Schreiben helfen werden. Du warst eine wunderbare kleine Inspiration für mich."

„Ich freue mich immer, für Sie da zu sein."

„Ausgezeichnet", stimmte er zu. „Ich werde Ihrem Scheck am Ende des Monats auf jeden Fall einen Bonus hinzufügen. Ich glaube, Sie haben dafür fünftausend Dollar zusätzlich verdient."

Überraschenderweise verspürte Cristina ein Schamgefühl.

Sie wusste, dass Paul es gut meinte.

Er freute sich über die zusätzlichen fünftausend, was viel mehr war, als er erwartet hatte.

Doch ein Schuldgefühl überkam sie, als hätte sie gerade ihren Körper und ihre Sexualität für leichtes Geld verkauft.

Dadurch fühlte sie sich unrein und schmutzig.

„Ich bin keine Hure", platzte sie heraus und bereute es dann sofort.

„Das habe ich nie gesagt."

„Es tut mir leid", antwortete sie. „Ich weiß wirklich alles zu schätzen. Aber ich habe meinen Körper noch nie so benutzt, wissen Sie, um Geld zu verdienen."

Paul schüttelte den Kopf, enttäuscht von sich.

„Es tut mir nicht leid. Das ist meine Schuld. Ich habe dich gehetzt. Ich hätte dich nicht bitten sollen, für mich zu modeln."

Cristina stand auf und richtete ihr Kleid.

„Es hat mir Spaß gemacht", sagte er. „Das habe ich wirklich. Aber es war ein bisschen seltsam für mich. Vielleicht können wir es ein anderes Mal machen? Nur etwas langsamer."

„Das glaube ich nicht. Das ist eindeutig nichts für dich."

Cristina warf einen schüchternen Blick zu, während das Gefühl des Orgasmus immer noch durch ihren Körper floss.

„Ich mache jetzt dein Mittagessen", sagte er.

„Ich kann es selbst machen. Du kannst gehen."

Sie nickte gehorsam.

„Ich bin froh, dass wir das gemacht haben."

„Ich auch", antwortete er. „Aber wir sollten das nie wieder tun. Bis Montag."

Cristina nickte, wohl wissend, dass Paul bereits eine feste Entscheidung getroffen hatte.

Es herrschte nun eine subtile Unbeholfenheit zwischen ihnen.

Nachdem sie noch ein paar Worte gewechselt hatte, ging sie und fragte sich, was Paul von ihr dachte.

DRITTER TEIL
DER NEUE JOB

KAPITEL 12

Später in derselben Nacht.

Cristina saß an ihrem Computer und suchte nach Möglichkeiten, neue Kunden zu gewinnen.

Er schickte mindestens ein Dutzend E-Mails an verschiedene Unternehmen, um für sein Catering-Unternehmen zu werben.

Ich hatte keine große Reaktion erwartet, aber es war einen Versuch wert und ich hatte nichts zu verlieren.

Das Telefon hat geklingelt.

Es war seine Mutter, die anrief, um noch einmal nachzusehen.

Sie führten ihren üblichen Smalltalk und es gab nicht viel zu sagen.

„Mein eigenes Unternehmen zu führen ist schwierig", beklagte Cristina.

„Haben Sie erwartet, dass es einfach wird?"

„Ich weiß nicht, was ich erwartet habe. Es macht mir nichts aus, hart zu arbeiten. Ich liebe es, für andere Menschen zu kochen. Aber, Gott, ich brauche mehr Kunden."

„Meiner Erfahrung nach kommt es im Geschäft darauf an, wen man kennt", antwortete seine Mutter. „Viele Geschäfte entstehen durch persönliche Kontakte. Gehen Sie also raus und versuchen Sie, neue Leute kennenzulernen, anstatt online zu suchen."

„Macht Sinn, denke ich."

„Ich schätze? Wann liege ich falsch?"

„Weiß nicht."

„Kling nicht so deprimiert, Cristina", sagte ihre Mutter. „Viele Leute haben Schwierigkeiten mit einem neuen Unternehmen. Versuchen Sie es einfach weiter."

"Danke Mutti."

„Wie läuft es mit Paul? Bezahlt er dich immer noch gut?"

„Es ist kompliziert", seufzte Cristina. „Aber ja, er zahlt immer noch gut."

„Er scheint ein komplizierter Typ zu sein."

„Du weißt nicht die Hälfte davon."

Es gab eine Pause am Telefon.

„Hat er irgendetwas mit dir versucht?" fragte ihre Mutter vorsichtig.

Cristina hat schnell gelogen.

„Auf keinen Fall. Natürlich nicht."

„Du kannst mir die Wahrheit sagen. Ich bin für dich da."

„Mama, er ist nicht mein Typ. Wenn er sich jemals rühren würde, würde ich ihm mit dem, was er an diesem Tag gekocht hat, auf den Kopf schlagen."

„Das klingt nach dem Geist der Cristina, die ich kenne", kicherte ihre Mutter.

„Hypothetisch gesehen, was wäre, wenn ich es täte? Ich meine, wie würden Sie sich dabei fühlen?"

„Wenn Paul etwas unternehmen würde?"

„Ja", antwortete Cristina. "Wie würdest du dich fühlen?"

Es entstand eine weitere Pause in der Leitung.

„Ich schätze, es liegt an dir. Wenn er dich um ein Date bittet, ist das deine Entscheidung."

"Wirklich?"

„Das ist deine Entscheidung, Cristina. Aber wenn er versuchen würde, deinen Hintern in der Küche anzufassen, dann würde ich vorschlagen, dass du ihm etwas von deiner berühmten scharfen Soße über den Kopf gießt."

„Natürlich tue ich das", antwortete Cristina mit sarkastischer Stimme.

„Es scheint, als hättest du etwas im Kopf."

„Nicht mehr. Danke Mama, du bist die Beste. Ich muss dich verlassen."

„Auf Wiedersehen, ich liebe dich."

"Ich liebe dich auch, Mama."

Das Gespräch endete und Cristina lehnte sich in ihrem Stuhl zurück.

Sie dachte an Paul und den Orgasmus, den sie an diesem Tag bekam.

Er erinnerte sich noch lebhaft an die Gefühle.

Jede Berührung, jede Emotion.

Das Gefühl von hartem Holz an seinem Körper.

Das Gefühl von Pauls Hand an ihrer Muschi.

Und vor allem der Orgasmus.

Dominanz war nie sein Ding, aber es fühlte sich gut an.

Er recherchierte online und suchte nach verschiedenen Begriffen.

Während sie recherchierte, fühlte sie sich wieder wie eine Studentin.

Er führte mehrere Recherchen zum Thema Sklaverei und ihre Freuden durch.

Sie sah sich mehrere Bilder an.

Das machte sie wieder an und sie ließ eine Hand über ihr Höschen gleiten.

KAPITEL 13

Am Montagmorgen.

Cristina bemühte sich, gut auszusehen, als sie zu Pauls Haus ging.

Sie trug ein blaues Kleid und ihr Haar war gut gekämmt.

Paul achtete nicht besonders auf ihr Aussehen, als er die Tür öffnete, um sie hereinzulassen.

"Wir können reden?" fragte Cristina. „Über das Geschäft meine ich."

"Natürlich."

„Großartig. Warte."

Cristina stellte das Essen in die Küche und ging in das geräumige Wohnzimmer, in dem Paul gesessen hatte.

Sie saß vor ihm.

„Ich habe am Wochenende viel nachgedacht", sagte er. „Über unsere Beziehung."

„Ich auch", sagte er und ließ sie nicht zu Ende denken. „Ich denke, wir sollten damit Schluss machen. Für mich ist klar, dass unsere Geschäftsbeziehung gefährdet ist. Ich habe bereits begonnen, nach einem Ersatz für meinen Haushaltsbedarf zu suchen."

Cristina erstarrte für einen Moment, als die Nachricht langsam dämmerte.

„Was? Nein. Das wollte ich nicht."

„Ich denke, es ist das Beste", antwortete er. „Sie sind eine aufgeweckte junge Frau. Sie werden Ihren Platz in dieser Welt finden."

Der fassungslose Ausdruck blieb auf seinem Gesicht. "

Das habe ich nicht erwartet. „Ich dachte, unser Gespräch würde ganz anders sein."

"Was hast du erwartet?"

„Ich bin hierher gekommen, um Ihnen zu sagen, dass ich daran interessiert bin, das fortzusetzen, was wir letzten Freitag gemacht haben."

Er hob eine Augenbraue.

„Wirklich? Und warum willst du das?"

„Muss ich es wirklich sagen?"

"Ja."

Sie holte tief Luft.

„Natürlich macht es mir Spaß, hier zu arbeiten. Ich genieße die Vorteile. Ich denke, Sie sind ein toller Chef, der Beste, den ich haben kann. Und was wir letzte Woche im Wohnzimmer gemacht haben, hat mir wirklich gut gefallen. Ich glaube, ich hatte zuerst Angst." , aber ich habe viel nachgedacht und es hätte mir nichts ausgemacht, wenn wir weitermachen würden.

"Interessant."

"Also denkst du?" Sie fragte.

„Du bist nicht so schüchtern, wie ich dachte. Ich hätte nie erwartet, dass du kommst und mir diese Dinge direkt erzählst. Ich bin beeindruckt."

Sie lächelte, „Danke."

„Was soll als nächstes passieren?"

„Ich weiß es nicht", zuckte er unbeholfen mit den Schultern. „Das bleibt Ihnen überlassen. Aber ich möchte, dass unsere Geschäftsbeziehung fortgeführt wird."

„Sei mutig, Cristina. Sag mir, was als nächstes passiert. Genau in dieser Minute. Ich möchte wissen, was dir durch den Kopf geht. Überrasche mich."

Sie nahm all ihren Mut zusammen und warf Paul einen entschlossenen Blick zu.

Seine Lippen verengten sich und seine Nase schrumpfte leicht.

Ihr Blick war auf Paul gerichtet, der stoisch darauf wartete, dass sie etwas Mutiges tat.

Cristina stand auf und strich mit den Händen über ihr Kleid.

Seine Finger schlangen sich um die Träger ihres Kleides.

Sie schob die Träger beiseite und bewegte ihren Körper, sodass das Kleid auf den Boden fiel.

Sie stand in ihrem weißen BH und Höschen vor Paul, ihr wunderschönes Kleid um die Knöchel.

"Was machst du?" fragte er emotionslos.

„Ich zeige mein Engagement für die Arbeit."

„Vielleicht hast du mich missverstanden. Ich glaube nicht, dass das der richtige Weg für dich ist."

„Du sagst mir nicht, ich soll aufhören", antwortete sie. „Und ich höre dich auch nicht beschweren."

Pauls Blick wanderte über ihren spärlich bekleideten Körper.

Sie hatte einen durchschnittlichen Körperbau, etwas dünn.

Kleine Brüste und schmale Hüften.

Es war klar, dass er selten Sport trieb, da sein Muskeltonus schwach war.

„Du bist ziemlich attraktiv", bemerkte er.

Sie zog ihr Kleid aus und machte mehrere Schritte vorwärts, bis sie direkt vor Paul stand.

„Hier ist der Deal", sagte er kühn. „Der neue Deal. Ich werde Ihr exklusiver Anbieter sein. Ich werde auch Ihr Model sein, wann immer Sie es für nötig halten. Sie können mich zum Abspritzen bringen, wenn Sie wollen. Wenn ich mich wirklich gut fühle, werde ich den Gefallen erwidern." frei."

Er hob eine Augenbraue.

„Wirst du den Gefallen erwidern?"

„Ich werde dich zum Abspritzen bringen. Kostenlos. Ich bin keine Prostituierte. Betrachte es als eine Befriedigung eines dankbaren Empfängers."

„Das klingt nach einer ungewöhnlichen Geschäftsbeziehung."

„Wir haben die Grenze sowieso schon überschritten", sagte er.

„Ich muss darüber nachdenken."

Cristina griff nach unten, packte Pauls Handgelenk und bewegte seine Hand zu ihrem Höschen.

Er berührte die Außenseite ihres Höschens und rieb zwischen ihren Beinen.

„Denken Sie schnell", sagte sie. „Ansonsten werde ich das Angebot zurückziehen."

Er lächelte halbherzig.

„Die mutige neue Cristina. Ich mag sie."

"Ich auch."

Paul drückte seine Finger fester gegen Cristinas Höschen.

Sie stöhnte bei der heißen Berührung.

Sie stöhnte noch mehr, als Paul seine Hand in ihr Höschen schob und ihre nackte Muschi berührte.

Sie war aufgeregt und es gab keinen Zweifel daran.

„Du bist nass", bemerkte er und sah sie an.

"Ich weiß."

„Zieh deinen BH aus. Lass mich dich sehen."

Cristina streckte die Hand aus, um ihren BH auszuhängen, und warf ihn auf die Couch.

Ihre frechen kleinen Brüste wurden freigegeben.

Ihre Brustwarzen waren rosa und klein.

Durch die kalte Luft und die offensichtliche sexuelle Erregung wurden sie schnell hart.

Sie widerstand dem Drang, ihre Brüste mit den Händen zu bedecken, weil sie sich wegen seiner Brust immer unsicher gefühlt hatte.

Aber sie versuchte mutig zu sein und schob ihre Brust nach vorne.

"Du magst sie?" Sie fragte.

„Ich liebe die Brüste jeder Frau. Jede ist auf ihre Art einzigartig und besonders. Ihre ist keine Ausnahme. Sie sind wunderschön."

„Danke, mein Herr."

„ Herr?" fragte er rhetorisch. „Ich denke, du weißt, was ich mag."

"Und was magst du?" sie fragte schüchtern.

"Eigentum."

"Oh..."

Paul zog Cristinas Höschen mit beiden Händen auf den Boden und ließ das Mädchen von Kopf bis Fuß völlig nackt zurück.

Er stand auf und nahm Cristina bei der Hand.

„Folge mir", sagte er. „Es gibt etwas, das ich dir gerne zeigen würde."

Er führte Cristina den Flur entlang, während er auf romantische Weise ihre Hand hielt.

Cristina war nervös, aber sie machte in ihrem Tempo weiter.

Sie wusste, dass sie in Richtung des Fesselraums gingen.

Die Idee machte sie aufgeregt und nervös.

Die Tür stand offen und Paul öffnete sie.

Er machte das Licht an und sie traten ein.

Die Luft war kalt, was Cristinas Brustwarzen noch härter machte.

Sein Blick wanderte umher und er fragte sich, was Paul geplant hatte.

„Sie haben eine Reihe neuer Verantwortlichkeiten", sagte Paul. „Ich erwarte völligen Gehorsam. Ich erwarte, dass du jederzeit nackt bist. Verstehst du?"

"Ja ich verstehe."

„Beugen Sie sich über den Tisch", sagte er. „Auf deinem Bauch. Ich werde dich fesseln. Ich möchte, dass du wieder abspritzt."

"Jawohl."

Cristina blickte einschüchternd auf den Tisch.

Es war ein anderer Tisch als der vorherige.

Aber es schien gleichermaßen unangenehm und schmerzhaft zu sein.

Das Holz sah alt aus, ebenso der Metallrahmen.

Es hatte keinen Sinn, sich zu beschweren.

Sie tat, was ihr gesagt wurde, und legte ihre nackten Brüste und ihren nackten Bauch auf den Holztisch.

Es war unangenehmer als ich erwartet hatte.

Das Holz war kalt und brannte in ihren empfindlichen Brustwarzen.

Seine Augen blickten auf den Boden.

Sie hörte, wie Paul durch den Raum ging, bevor sie auf sie zukam.

„Ich werde dich fesseln", sagte er. „Entspannen Sie Ihre Arme und Beine. Dies ist ein einfacher Vorgang, wenn Sie ruhig sind."

"Also."

„Bist du sicher, dass du das willst?"

„Ja", antwortete sie.

"Weil?"

„Weil ich wieder abspritzen will."

Cristina erhielt keine Antwort.

Stattdessen spürte sie, wie Paul ihre Knöchel an das kalte Metallgestell des Tisches fesselte.

Es war unangenehm und ein wenig beängstigend.

Jeder Knoten war sehr fest.

Das Seil war dick und verletzte seine Haut.

Der gleiche Vorgang wurde an ihren Handgelenken durchgeführt.

Jede Puppe wurde auf die gleiche Weise an den Metallrahmen gebunden.

Als er fertig war, wurden seine Knöchel und Handgelenke fest an den Tisch gefesselt.

Sie lag mit dem Gesicht nach unten, ihren Bauch entblößt und ihre Brüste fest auf die Holzoberfläche gedrückt.

Es war ein ziemlich erschreckendes Gefühl zu wissen, dass sie Paul die absolute Macht über ihren Körper gegeben hatte.

Sie war offensichtlich und völlig hilflos.

Etwas traf ihren nackten Hintern.

Es fühlte sich hart an, aber gleichzeitig auch weich.

Ich war mir nicht sicher, was es war.

Dann spürte sie, wie Pauls Finger ihren Hintern berührten.

„Stört es dich, wenn ich dich so berühre?" fragte er, da er die Antwort kannte.

"NEIN."

„Gut. Ich mag deine Haut. Du bist sehr zart..."

Pauls Hand wanderte über ihren Hintern und spürte jede Kurve.

Er massierte jedes ihrer Gesäßbacken mit seinen starken Händen.

Dann spürte er erneut, wie etwas Hartes seinen Hintern berührte.

Es hatte eine glatte, gekrümmte Oberfläche.

"Was ist das?" Sie fragte.

„Es ist ein Vibrator. Haben Sie schon einmal einen benutzt?"

"NEIN."

„Möchtest du es fühlen?"

„Dafür bin ich offen."

"Braves Mädchen."

Plötzlich erklang ein summendes Geräusch im Raum und ließ Cristina einen Schauer über den Rücken laufen.

Sein Blick blieb auf den Boden gerichtet, während er dem Summen lauschte.

Ihr Körper zitterte heftig, als das Summen die Spitze ihrer Klitoris berührte.

Es war schmerzhaft, im Schlechten und im Guten.

Sie versuchte dagegen anzukämpfen, kämpfte gegen die Seile, was nutzlos war.

Das Summen hörte auf.

„Sollen wir das zu Ende bringen?" fragte.

„Nein. Bitte, nein. Ich werde aufhören, mich zu bewegen."

„Fass dich zusammen, Cristina."

Das Summen kehrte zurück, als der Vibrator erneut aktiviert wurde.

Er berührte ihre Klitoris und Cristina tat ihr Bestes, still zu bleiben.

Sie kämpfte gegen den Drang zu kämpfen, als sie das Gefühl der Vibration an ihrer empfindlichsten Stelle akzeptierte.

Seine Finger kräuselten sich heftig.

Er biss die Zähne zusammen, als er den Kiefer schloss.

Seine Fäuste waren fest geballt.

Dass ihre Klitoris mit einem Vibrator gefoltert wurde, war das Letzte, womit sie gerechnet hatte.

Es summte und summte.

Die Spitze des Vibrators wurde gegen ihre Klitoris gehalten, bis sie glaubte, sie würde explodieren.

Kurz bevor sie vor Schmerzen schreien wollte, bewegte Paul den Vibrator und schob ihn in ihre Muschi.

Es war ein surreales Gefühl.

Es war lange her, dass sie mit etwas anderem als ihren Fingern penetriert worden war.

Die Vibration in ihrer Muschi war eine Mischung aus Schmerz und Vergnügen.

Paul drückte und zog gekonnt an dem Sexspielzeug.

Cristina tat alles, um nicht zu schreien.

„Macht dir das Spaß?" fragte er scherzhaft.

Cristina keuchte.

„Ich...ich...äh..."

"Ja oder nein?"

„Ja! Gott, ja."

Paul schob das Gerät weiter in Cristinas Muschi, was sie noch mehr zum Keuchen brachte.

Er war fast außer Atem, als er vollständig in ihren Körper eindrang.

Seine Arme und Beine zerrten an den Seilen, aber ohne Erfolg.

Sie war mit dem starken Vibrator in ihrer feuchten Vagina gefangen.

"Du bist nah dran?" fragte.

Sie suchte nach Worten.

"Ja fast..."

„Komm für mich, Baby."

Der Vibrator wurde gnadenlos in Cristinas Muschi gedrückt und hineingezogen.

Sie versuchte ihren Körper zu entspannen, was es ihr immer leichter machte, zum Orgasmus zu kommen.

Sie tat ihr Bestes, um ihre Vaginalmuskeln durch die Dehnung zu entspannen, damit Paul seinen Willen durchsetzen konnte.

Durch den Vibrator stand ihr Orgasmus unmittelbar bevor.

Und es war ein Orgasmus, wie ich ihn noch nie zuvor erlebt hatte.

Gefesselt und verprügelt zu werden, während ein vibrierender Gegenstand in ihre Muschi geschoben wurde, war eine wirkungsvolle Kombination.

Cristinas Zehen wölbten sich weiter und ihre Fäuste ballten sich fester.

Jeder Muskel seines Körpers zog sich zusammen.

Ihr Keuchen und Stöhnen wurde härter.

„Oh mein Gott... Oh mein Gott... Oh mein Gott..."

Plötzlich wurde das Gerät auf eine höhere Geschwindigkeit geschaltet und die Vibrationen wurden deutlich stärker.

Cristina schrie aufgrund der starken Vibration, als sie in ihre Muschi geschoben und gezogen wurde.

Sie weinte.

Dann schluchzte sie unkontrolliert, als sie ihren Höhepunkt erreichte.

Ein Schwall Flüssigkeit strömte aus ihrer Muschi, verursachte eine Sauerei auf dem Tisch und hinterließ eine Pfütze auf dem harten Boden.

Weitere Stöße kamen vom Kraftvibrator, bis die Flüssigkeit aufhörte.

Paul entfernte den Vibrator aus Cristinas Muschi, was ein lautes Summen von sich gab.

Dann schaltete er es aus.

Als der vaginale Angriff endlich vorüber war, war Cristinas Muschi eine triefende Sauerei.

Ihre Nässe war wie ein kleiner Orgasmusfluss.

Ihre Muschi glitzerte vor Vaginalflüssigkeit.

Der Tisch war nass.

Und die Flüssigkeiten fielen auf den Boden wie ein undichter Wasserhahn.

Cristina war kaum bei Bewusstsein, als sie langsam ihre Fassung wiedererlangte.

Es war mit Abstand der beste Orgasmus, den sie je in ihrem Leben erlebt hatte.

Er hörte Pauls Schritte, die sich seinem Kopf näherten.

Paul beugte sich vor und küsste ihr Haar.

Sie fragte sich, warum Paul sie noch nicht losgebunden hatte.

„Wir sind... wir sind... fertig...", brachte er heraus.

„Noch nicht. Erinnerst du dich an dein Versprechen?"

"Welcher von denen?" sie stöhnte.

„Du hast gesagt, dass du den Gefallen erwidern würdest, wenn ich dich zum Abspritzen bringen würde. Wie hat sich also dein Orgasmus angefühlt?"

„Ein...verdammtes...unglaubliches", platzte es aus ihm heraus.

Paul lächelte ihn an.

„Gutes Mädchen. Hast du jetzt Lust, den Gefallen zu erwidern?"

„Ja, Sir. Werden Sie mich losbinden?"

„Ich mag dich in dieser Position."

Cristina hörte, wie sich Pauls Hose öffnete.

Sie wusste genau, was Paul wollte.

Er stand immer noch direkt neben ihrem Gesicht, was bedeutete, dass er kein Interesse daran hatte, sie zu ficken, zumindest nicht an diesem bestimmten Tag.

Er blickte auf, als Paul sich seinem Gesicht näherte.

Sie sah, wie sein harter Schwanz direkt auf ihre Lippen zeigte.

Es war offensichtlich, was er wollte.

Mit lustvollem Herzen öffnete Cristina ihren Mund, als Paul einen weiteren Schritt nach vorne machte und zwischen ihre Lippen eindrang.

Es gab keinen Gefühlsprozess und keine Zeit, sich anzupassen.

Paul schob einfach seine Hüften nach vorne, damit Cristina saugen konnte, wie es sich für eine gute Unterwürfige gehört.

„Mein Gott. Du hast Lippen wie ein Engel", sagte er, beeindruckt von dem, was er an seinem Schwanz spürte.

Oralsex war nie Cristinas Sache.

Sie war nie sehr gut darin und es war nie ihre Vorliebe, es zu tun.

Aber bei Paul wollte sie ihm unbedingt gefallen.

Besonders wenn das kraftvolle Orgasmusgefühl immer noch durch ihren Körper fließt.

Sein Mangel an Fähigkeiten war kein Problem, da sein Körper immer noch an den Tisch gefesselt war.

Paul erledigte die ganze Arbeit, indem er seine Hüften sanft hin und her bewegte.

Alles, was er brauchte, war ein warmer Mund zum Ficken.

Alles, was Cristina tun musste, war, ihre Lippen fest um Pauls hartes Glied zu legen und zu saugen.

„Scheiße, ich komme gleich", knurrte Paul. „Und du wirst es schlucken."

Sein Befehlssinn faszinierte Cristina aus einem Grund, den sie nicht verstehen konnte.

Sie spürte, wie Pauls Hände ihr Haar rieben, während sie daran saugte.

Sie spürte, wie sein Glied in ihrem Mund noch steifer wurde.

Sie tat ihr Bestes, ihre Zunge an seinem Glied einzusetzen, was sich, wie man ihr immer gesagt hatte, gut anfühlte.

Der Schwanz sank in ihren Mund und ließ sie würgen.

Der Würgereflex war schrecklich.

Aber Paul stellte sich vor, wie viel Cristina verkraften konnte, also drängte er nie zu sehr.

Es war das Zeichen eines Profis, dachte sie bei sich.

Sie sah zu, wie Paul sich selbst zum Orgasmus streichelte, während sich die Spitze seiner Erektion noch in ihrem Mund befand.

Sie hielt ihre Lippen fest um ihn geschlossen.

Paul knurrte, als er sie wütend streichelte.

Sekunden später war ihre Zunge mit Pauls Sperma bedeckt.

Jet für Jet.

Es hatte einen anderen Geschmack.

Sie schluckte schwer, um zu verhindern, dass ihr Mund überfüllte.

Sekunden später hörte der Samenfluss auf und Cristina schluckte alles herunter.

„Oh mein Gott", sagte Paul und zog seinen Schwanz aus ihrem Mund. „Das war wunderbar. Wo hast du gelernt, so zu saugen?"

Er beugte sich für einen Moment vor, bevor er aufstand, um den Reißverschluss seiner Hose zu schließen.

Dann bückte er sich, um Cristina loszubinden.

Als sie befreit wurde, streichelte sie ihre eigenen Handgelenke und Knöchel, die dunkelrote Flecken aufwiesen.

Sie merkte schnell, dass sie immer noch völlig nackt war und dass es ihr egal war.

Sie mochte es, vor Paul nackt zu sein.

„Ich habe die ganze Erfahrung wirklich genossen", stellte er selbstbewusst fest.

Paul berührte ihren Hals und küsste sie auf die Stirn, dann noch mehr auf ihre Wangen.

Schließlich drückte er ihr mehrere Küsse aufs Haar.

„Ich auch. Unsere Partnerschaft wird sehr gut funktionieren. Denken Sie an alle Möglichkeiten, die wir gemeinsam teilen können."

"Ich weiß."

„Du bist wie ein Schmetterling, der vor meinen Augen wächst", sagte er.

„Es ist alles deine Schuld", lächelte er. „Wenn Sie mich jetzt entschuldigen würden, ich habe etwas ganz Besonderes zum Mittagessen gemacht. Sie werden es lieben. Ich bin sicher, Sie haben Appetit bekommen, also mache ich es besser jetzt."

Cristina stand auf und ging nackt zur Tür.

Sein Gang war voller Selbstvertrauen.

Sie liebte es, nackt zu sein.

Es hat Spaß gemacht.

Flüssigkeiten tropften über ihre Beine.

Der Geschmack von Sperma war immer noch in ihrem Mund.

Dann blieb sie stehen, als sie die Tür erreichte, und drehte sich zu Paul um, stolz auf ihren nackten Körper.

Sie sagte ihm, er solle sich wegen der Unordnung im Wohnzimmer keine Sorgen machen, sie würde es später aufräumen.

Es war Teil seiner neu gewonnenen Pflichten.

VERRATEN

KAPITEL I

Becky hörte, wie der Schlüssel im Schloss klickte.

Er rannte die Treppe hinunter, schaltete das Flurlicht ein und öffnete die Tür.

Jack stand da im Regen, die Kapuze über den Kopf gezogen, den Schlüssel in seiner Hand, während seine dunklen Augen sie anstarrten.

„Oh mein Gott, du bist gekommen", sagte Becky glücklich.

Sie sprang nach vorne, schlang ihre Arme um seine Schultern und umarmte ihn . Sie spürte, wie der Regen, der ihren Mantel bedeckte, in die Oberseite ihrer eng anliegenden Kleidung sickerte.

Es war ihr egal.

Ihr Mann war hier und das war alles, was zählte.

Sie befreite Jack aus ihrer überschwänglichen Umarmung und legte ihre durchnässten Hände auf sein Gesicht.

Sein ernster Gesichtsausdruck hatte sich nicht verändert.

„Was ist los?" sagte sie.

"Wir müssen reden."

Becky spürte, wie sich ihr Magen zusammenzog, aber sie trat zur Seite, um Jack hereinzulassen und ihre nassen Stiefel auszuziehen.

Er ging ins Wohnzimmer und rieb sich nervös die Arme, während er darauf wartete, dass Jack ihm die schlechte Nachricht überbrachte, was auch immer es war.

Dann betrat er das Wohnzimmer, immer noch mit einem ernsten Ausdruck auf seinem hageren Gesicht.

„Geben Sie uns bitte etwas zu trinken", sagte er.

Becky ging zum Getränkewagen und schenkte zwei Brandys ein .

Seine Hand zitterte, als er ihr eines der Gläser reichte und schnell austrank.

Jack näherte sich der Couch mit ziemlich feuchten Socken.

Das Bild, das er so abgab, war etwas komisch.

Sie hätte gelacht, wenn der Moment nicht ziemlich angespannt gewesen wäre.

Er saß auf der Kante des Sitzes, ohne sich zurechtzurücken, ohne seinen Mantel auszuziehen, während er sich darauf vorbereitete, die schlechte Nachricht zu überbringen.

Bevor er sprach, trank er einen großen Schluck Brandy.

„Sie weiß alles über uns", sagte er, nachdem er den Schnaps mit einem letzten Seufzer hinuntergekippt hatte.

Becky spürte, wie ihre Knie weich wurden und ihr Herz raste.

Er schenkte sich noch ein Glas Brandy ein.

Er ging vor Jack zur Couch und setzte sich.

"Als?" Sagte er nach einem weiteren Schluck der warmen Flüssigkeit.

"Ich sagte."

Becky runzelte die Stirn.

„Hast du es ihm gesagt? Wozu zum Teufel?"

„Ich konnte es nicht mehr ertragen."

Becky stand auf.

„Bitte sag mir, dass du Witze machst, Jack."

Er schüttelte verneinend den Kopf.

„Warum solltest du deiner Frau erzählen, dass du sie betrügst?"

Jack blickte unter seinen buschigen Augenbrauen hervor, die ihn wie einen verschmitzten Welpen aussehen ließen.

„Ich konnte mir nicht vorstellen, dass sie gleichgültig und ruhig war, während sie weiterhin unser schmutziges Geheimnis verbarg."

„Unser schmutziges Geheimnis. Ist das alles für ihn?" Dachte Becky.

„Nun, was hat sie gesagt?", sagte Becky und tat so, als hätte sie den letzten Kommentar nicht gehört, während sie im Raum auf und ab ging.

„Sie ist bereit, uns eine weitere Chance zu geben. Wenn das aufhört."

Becky blieb stehen und blickte in Jacks Gesicht.

„Nein? Du meinst, du und sie seid zusammen, nachdem ihr es ihr erzählt habt?"

Jack nickte.

„Wirst du mich einfach so verlassen? Weil sie es sagt?"

"Sie ist meine Frau."

„Und was war ich?"

„Du weißt, was das war. Ich habe dir gesagt, dass ich meine Frau niemals verlassen würde. Das war immer Sex zwischen dir und mir."

„Du weißt, was das war. Vergangenheit. In seinem Kopf war es bereits vorbei. Wie konnte er mir das antun?'

Obwohl er gesagt hatte, dass er Mary niemals verlassen würde, glaubte Becky, sie könne ihn davon überzeugen, dass sie wirklich die Frau war, die er brauchte.

Und so ist es nicht?

Es schien nicht so.

Jack hatte seinen Drink ausgetrunken und stand auf, um zu gehen.

Becky kam auf ihn zu.

„Ist das dann alles?" sagte sie und starrte ihn wütend an. „Du lässt es einfach so auf mich fallen und gehst weg?"

Jack seufzte, als er sie wegstieß und den Flur entlang ging.

„Becky, ich habe Kinder", sagte er jetzt verärgert.

Oh nein, so leicht würde er da nicht rauskommen.

Vorher gab es nur Komplimente, Neckereien und erotische Nachrichten, mit vielen Küssen am Ende, um mich zu verzaubern.

Das ist es, was jeder tut, um zu bekommen, was er will.

Wenn sie dann genug haben, werden sie defensiv und versuchen, dich loszuwerden.

Jetzt zeigte sich Jacks wahres Gesicht.

Sie war für ihn nichts weiter als ein Stück Fleisch gewesen, ein leichter Fick.

Ein Abschaum.

Eine Hure.

So hatten Männer sie immer behandelt. Jack würde nicht anders sein.

„ Na und? Heutzutage lassen sich viele Menschen scheiden. Die Kinder kommen darüber hinweg. Sie haben immer noch beide Eltern", sagte sie kalt.

„Das sind Jungs, Becky", schnappte Jack. „Sie brauchen eine Familie. Sicherheit. Einen Vater, der immer da ist. Nicht einen, der ein paar Mal in der Woche auftaucht."

Und ich? dachte sie etwas egoistisch.

Die Frau, die keine Kinder bekommen kann.

Die Frau, die immer und ewig unfruchtbar sein wird und nicht in der Lage ist, einem Mann eine Familie zu geben.

Das Phänomen.

Der seltene.

Derjenige, der nur zum Spaß und zum Ficken da ist.

Wer würde sie wirklich lieben?

„Ich komme zu dir nach Hause", drohte er. „Ich werde ihr erzählen, was wir gemacht haben. Wie du mich in deinem Auto in den Wald gefahren hast und mich auf dem Rücksitz gefickt hast. Wo ihre Kinder jeden Tag auf dem Weg zur Schule sitzen. Wie du mich in dasselbe Restaurant mitgenommen hast wie du machte ihr einen Heiratsantrag. „Mal sehen, ob sie dann ihre Meinung ändert."

Jack drehte sich im Türrahmen um, seine Finger ließen die Kapuze los, die er gerade über seinen Kopf ziehen wollte.

„Du wirst es nicht tun".

"Schau mich an."

Becky sah zum ersten Mal einen Ausdruck in Jacks Augen, den sie zuvor bei vielen Männern gesehen hatte.

Der Ekel.

Was auch immer sie zwischen sich gehabt hatte, was auch immer sie für ihn gewesen war, war verschwunden.

Sie wusste, dass sie das nie zurückbekommen würde.

Seine Oberlippe kräuselte sich, als er seine Kapuze über den Kopf zog und nach seinen Stiefeln griff.

Becky spürte, wie die Wärme aus ihrem Körper verschwand und das kalte Gefühl, zurückgelassen zu werden, zurückkehrte.

Aufgabe.

Sie hatte es schon zu oft gespürt.

„Du kannst mich nicht einfach verlassen, Jack", flehte sie und spürte den vertrauten Tränenfluss aus ihren Augen.

„Es ist vorbei", schnappte er, seine Stimme war voller Wut.

„Tu mir das nicht an, Jack. Bitte!"

Er verknotete den Schnürsenkel seines Stiefels, stand aufrecht und blickte sie unter dem Schutz seiner Kapuze hervor an.

„Kommen Sie mir oder meiner Familie nie wieder zu nahe. Wenn Sie das tun, rufe ich die Polizei."

Er hob die Hand und ließ seinen Schlüssel auf den Boden fallen.

Den Schlüssel, den sie ihm gegeben hatte, in der Hoffnung, dass er dies als sein wahres Zuhause betrachten würde, das, in dem er schließlich dauerhaft leben würde.

Es war der letzte Stich in sein Herz.

Er zog die Tür auf und machte einen schnellen Schritt in Richtung Garten.

Becky stand auf der Matte, ihre Wangen glänzten vor Tränen im hellen Licht des Wohnzimmers und beobachtete seine große Gestalt, die durch den Regen schritt.

Von ihr weg.

Zurück zu seiner Familie.

Für immer aus seinem Leben verschwunden.

KAPITEL II

Becky schaute in ihr Glas und spürte, wie ihr der Kopf schwirrte.

Der Whisky hinterließ einen säuerlichen, bitteren Geschmack auf seiner Zunge.

Mit zitternden Fingern hob sie das Glas auf und warf es gegen die Kaminwand.

Es kollidierte mit dem Spiegel, wodurch Glassplitter explodierten und dann auf den Boden und den dicken Teppich fielen.

Sie sprang von der Couch und marschierte auf das Telefon zu.

Tränen traten ihr in die Augen, als sie den Hörer ergriff, aber sie sagte sich, dass sie nicht mehr weinen würde.

Sie biss sich auf die Lippe und wählte entschlossen die Nummer.

Nach ein paar Augenblicken antwortete eine schroffe Männerstimme.

"Hallo?"

„Harry, hier ist Becky", sagte sie und unterdrückte ihre Trunkenheit mit einem Schnauben.

„Becky? Herrgott, warum rufst du gerade jetzt an? Es ist zwei Uhr morgens."

„Es tut mir leid. Es ist nur... ich muss mit jemandem zusammen sein."

„Was? Gerade jetzt?"

"Ja."

Er hörte ein Rascheln am anderen Ende der Leitung, das Knistern von Harrys zigarettentrockener Kehle, als er um das Bett herumging.

„Weckst du mich wirklich mitten am Morgen zum Sex auf?"

Becky verspürte bei seinen Worten einen Knoten in ihrem Magen.

Was wäre, wenn sie nicht wirklich jemanden brauchte, der sich selbst befriedigte?

Das war Harry jedoch egal.

Er war einfach ein typischer Mann, der nur eines im Kopf hatte.

Sie widerstand der Versuchung, zu explodieren.

„Warum nicht? Es ist eine so schöne Zeit wie jede andere", sagte sie etwas aufgeregt.

„Ich muss um sechs aufstehen."

„Na und? Du kannst morgen Nacht schlafen. Und wenigstens gehst du zufrieden zur Arbeit, anstatt zu gähnen."

„Ich bin gerade am Boden zerstört. Die einzige Möglichkeit, nicht gähnend zur Arbeit zu gehen, besteht darin, noch ein paar Stunden zu schlafen und keinen Sport zu treiben."

Becky kniff frustriert die Lippen zusammen und griff nach ihren Zigaretten, die neben dem Telefon abgelegt waren.

Er zündete sich eine an und nahm einen langen, tiefen Zug, dann rieb er sich mit dem Daumen die Schläfe und blies den dichten Rauch aus.

„Ich werde tun, was immer du willst", sagte sie und das Nikotin gab ihr genug Kraft, um zu versuchen, ihn zu verführen.

„Das was?" sagte Harry.

„Ich werde meine Zunge in deinen Arsch stecken. Ich werde dich essen, wie ein Mann eine Frau isst."

Es entstand eine Pause und er konnte fühlen, wie Harry am anderen Ende nachdachte.

Nicht viele Frauen waren bereit, den Arsch eines Mannes zu essen, und Harry hatte einen besonders empfindlichen Anus, und ihre Zunge hatte die Fähigkeit, seinen gesamten Körper gleichzeitig zu beugen und zu schreien.

Allerdings schien er heute Abend wirklich müde zu sein. Selbst das reichte nicht aus, um ihn in Versuchung zu führen.

„Oh, Becky. Hätten Sie nicht zu einem besseren Zeitpunkt anrufen können?"

„Ich ziehe meinen Umschnalldildo an. Ich gebe dir einen langen, harten Fick. Ist es das, was du willst, Harry? A. Lang. Hart. Fick."

Harry klang nervös und aufgeregt, als er antwortete.

Becky wusste, dass sein Schwanz unter der Bettdecke aufgrund ihrer deutlichen, widerlichen Wut steinhart geworden war.

Aber ganz gleich, womit ich versuchte, ihn in Versuchung zu führen, es schien, als würde er sich nicht von der Stelle rühren.

„Tut mir leid, Becky. Ich muss mal vorbeikommen. Wie war Freitagabend?"

Becky sah den Aschenbecher auf dem Couchtisch und drückte ihre Zigarette aus.

„Du bist genau wie alle Männer, oder? Du denkst, ich werde angerannt kommen, wenn du es sagst. Nun, weißt du was, Harry? Du kannst dich selbst ficken. Das war deine letzte Chance und du hast sie einfach vermasselt."

„Was... Becky?"

„Tschüs, Harry. Tiefschlaf, wenn du kannst. Verdammt!"

Er knallte den Hörer auf den Hörer.

Becky saß einen Moment lang auf dem Bett, ihr Herz raste, ihr Blut kochte, und eine Million verschiedener Gedanken konkurrierten in ihrem Kopf um den Vorrang.

Wie konnten sie ihm das antun?

Und wieder.

Und warum ließ sie es immer wieder zu?

Immer wieder in die gleiche alte Falle tappen .

Sie wusste, was Psychiater sagen würden.

Du wertschätzt dich selbst nicht genug.

Wie kann sie erwarten, Respekt zu erhalten, wenn sie sich selbst nicht einmal respektiert?

Nun, das sagen sie leicht.

Sie wollen wissen, wie es ist, sich wie eine Schlampe zu fühlen, die zulässt, dass Männer ihren Körper wie einen schmutzigen Lappen benutzen.

Eine Mutter, die ihre Freunde ficken und ihre Tochter allein zu Hause zurücklassen würde, kalt und hungrig, ohne jemanden, der sie liebt.

Eine Frau, die sie jahrelang davon überzeugte, dass ihr Vater sie nicht liebte.

Dass er sie seinetwegen verlassen hatte.

Die Wahrheit war, dass er eingeschüchtert von der Unterwerfung, der er von ihr ausgesetzt war, ging und zu verängstigt war, um zu ihrer Schreckensherrschaft zurückzukehren.

Becky vergrub ihr Gesicht in ihren Händen und ließ die Tränen über ihre Handflächen strömen.

Du hast mich verlassen, Papa.

Wie konntest du mich mit dieser Psychoschlampe zurücklassen?

Sie setzte sich auf und zwang sich, die Tränen zurückzuhalten.

Traurigkeit verwandelte sich wie durch das Umlegen eines Schalters in Wut.

Sein Vater war ein verdammter Feigling.

Wie alle Männer.

Sie gingen kontrolliert durch die Bälle, die zwischen ihren Beinen hin- und herschwangen, aber sie hatten nicht den Mut, sie zu benutzen.

Das konnte nur eine Frau.

Der Schmerz war zu groß.

Becky brauchte Sex.

Es war das Einzige, was sie beruhigen würde.

Sex würde den Schmerz lindern, den er in sich verspürte.

Der Schmerz, nicht geliebt und zurückgewiesen zu werden, führte dazu, dass sie sich wie eine schmutzige und wegwerfbare Hure fühlte.

Für ein paar kurze Momente, ein leidenschaftlicher Kuss, ein lustvoller Impuls, der sie zum Orgasmus bringen würde, und sie würde sich geheilt fühlen.

Alles wieder gut.

Geliebt.

Das einzige Problem war, dass es zu einer Sucht geworden war.

Und wenn alles vorbei war, nachdem die Männer gegangen waren und zu ihren Frauen oder der nächsten Frau zurückgekehrt waren, die bereit war, ihre Beine zu spreizen, würde dieser dunkle Ort zurückkehren.

Bis zur nächsten Lösung.

Becky konnte es nicht mehr ertragen.

Es war genug.

Diesmal würde jemand zahlen.

KAPITEL III

Rache ist süß.

Zumindest sagen sie das.

Becky dachte darüber nach, während sie ihr langes schwarzes Haar im Kosmetikspiegel bürstete.

Sie war nackt, abgesehen von einem schwarzen Höschen, das mit einer kleinen roten Schleife verziert war.

Ihre 43 Jahre alten Brüste waren so fest wie die einer zehn Jahre jüngeren Frau.

Es war einer der positiven Aspekte, keine Kinder bekommen zu können.

Sie hat ihre Figur und ihren herrlichen Charme über einen längeren Zeitraum hinweg beibehalten.

Als die Borsten der Bürste durch ihr Haar glitten, verspürte sie eine Ruhe, die sie seit Jahren nicht mehr gespürt hatte.

Endlich entstand etwas in ihr.

Er wird kein Opfer mehr sein.

Sie kämpfte.

Sie würde eine Kriegerin werden.

S wählte einen dunkelroten Lippenstift aus ihrem Make-up und trug ihn vorsichtig auf ihre Lippen auf, wobei sie durch einen zusätzlichen Millimeter am Rand etwas mehr Fülle hinzufügte.

Die Farbe passte zu ihrem dunklen Haar und ihrer olivfarbenen Haut und verlieh ihr einen leicht mediterranen Look, der nicht weiter von ihrer britischen Herkunft hätte entfernt sein können.

Sie musste zugeben, dass es gut aussah.

Ihre Stimme war vielleicht etwas heiser vom ganzen Rauchen und einer beschissenen Kindheit, ganz zu schweigen vom Trinken, aber sie wusste, wie man sich beim Sex zeigt.

Sie hatte diese Fähigkeit von ihrer Mutter gelernt, und als ihr klar wurde, wie hart die Mädchen aus dem Norden waren, hatte sie auch gelernt, sie zu ihrem Vorteil zu nutzen.

Sexy Mädchen hatten Macht.

Sie konnten Männer mit ihrem Körper, ihrem Geruch und einem provokanten Blick kontrollieren.

Als Becky darüber nachdachte, wurde ihr klar, dass es ihr das Überleben so viele Jahre ermöglicht hatte.

Er stand auf und ging zum Ganzkörperspiegel.

Er legte den Kopf zur Seite und umfasste ihre Brüste.

Sie schmollte mit ihren frisch geschminkten Lippen.

Ja, sie sah gut genug aus, um etwas Appetitliches zu essen.

Und dich auch zu essen, dachte er mit einem sinnlichen Lachen.

Auf dem Bett lag ein rotes Kleid.

Kurz.

Sehr provokativ.

Tiefer Ausschnitt, um Ihre Titten zu zeigen.

Sie schlüpfte mit ihren bloßen Füßen hinein und zog es an ihrem Körper entlang nach oben.

Als sie in den Spiegel blickte, drehte sie sich um und knöpfte ihn zu.

Sie bewunderte den seidigen Stoff mit den Falten an den Hüften, der ihre typische Sanduhrform betonte.

Neben der Tür stand eine Reihe hochhackiger Schuhe.

Becky ging hinüber und schlüpfte in ein rotes Paar.

Die Farbe heute Abend war scharlachrot.

Rot für Blut und Mord.

KAPITEL IV

Der Taxifahrer hielt vor dem Club an.

Becky bemerkte, dass an den Türen zwei Türsteher standen.

Sie bezahlte den Taxifahrer und trat an die Straßenlaterne. Die sanfte Luft berührte ihre nackten Schultern, während die Musik des Clubs unter ihren Füßen erklang.

Sie schloss die Taxitür und ging zum Eingang, wobei sie den Riemen ihrer kleinen roten Tasche über ihre Schulter legte.

Meeting Place war ein moderner Herrenclub, der vor ein paar Jahren in der Stadt entstanden war.

Männer jeden Alters kamen in ihren trendigsten Anzügen dorthin, in Aftershave-Flaschen getränkt, und versuchten, die Mädchen aus dem Norden anzulocken, die wie läufige Hündinnen zu ihrem Duft strömten.

Becky war keine Ausnahme.

Aber heute Abend hatte sie einen ganz besonderen Mann im Kopf.

Der Ort war geschäftig und an einem Abend unter der Woche geschäftig.

Auf der einen Seite des Raumes trat ein Sänger auf der Bühne auf und die Bar auf der anderen Seite war voller älterer Männer, die über Biergläsern saßen.

Männer und Frauen saßen in einem großen Bereich voller Tische in der Mitte des Raumes, unterhielten sich und blickten zur Bühne.

Becky ging zur Bar und rief einen hübschen jungen Barkeeper mit Witwenhaarschnitt herbei.

„Ist Ricky heute Abend hier?", fragte sie.

Der Kellner nickte. "Zurück."

Becky lächelte ihn an und entfernte sich von der Theke. Sie bemerkte, dass der Blick der älteren Männer von ihren Getränken zu ihr gewandert war.

Er stellte sicher, dass sie einen guten Blick auf seinen Hintern hatten, während er einen Flur entlang verschwand, der zu den Büros im Hintergrund führte.

Ricky Morris war der Besitzer von fünf Nachtclubs in der Gegend von Maine.

Er hatte in den Neunzigern sein Geld mit einigen zwielichtigen Geschäften verdient und die Kette von Herrenclubs eröffnet, die bei den verspielten Jungs des Nordens sofort ein großer Erfolg gewesen war.

Er war auch dafür bekannt, mit Stripperinnen und Prostituierten zusammenzuarbeiten, ihnen Kunden zu vermitteln und ihre Gewinne einzuschränken.

Becky traf ihn vor zwei Jahren beim Start von *Lugar de Encuentro* .

Von all den attraktiven Frauen und hübschen Mädchen, die an diesem Abend dort waren, war sie diejenige, die er angesprochen hatte.

Vielleicht erkannte er in ihr etwas von sich selbst, eine männliche Eigenschaft, die seinem ehrgeizigen und unternehmerischen Charakter entsprach.

Eine Frau, die sich seinem Geld und seinem guten Aussehen nicht beugen oder schmeicheln würde.

Eine Frau, die hart spielen würde, um zu bekommen, was sie wollte.

Becky klopfte an seine Tür, wartete aber nicht auf eine Antwort.

Als er den Raum betrat, sah er ein Aufblitzen von Fleisch und roch den unverkennbaren Duft von Sex.

Eine Frau Mitte Zwanzig lag auf dem Schreibtisch, ihre nackten Brüste waren durch ein Kleid zu sehen, das noch immer um ihre Taille geschlungen war.

Ricky fickte sie im Stehen, schwarze Hosen um die Knöchel, Schweiß glänzte auf seinem rasierten Kopf.

Bei der Unterbrechung drehte er den Kopf.

"Scheiße." Er löste sich von der Frau und Becky sah seinen großen Schwanz, der vor Erregung geschwollen und glitschig vom Saft der Frau war.

Als er sah, wer den Raum betreten hatte, seufzte er, beugte sich vor und zog seine Hose hoch.

Die Frau am Tisch bedeckte ihre Brüste und versuchte, ihre Verlegenheit mit einem sinnlichen Lachen zu verbergen.

Kleine Schlampe, dachte Becky, als sie schamlos das Büro betrat.

Ricky schnallte gerade den Ledergürtel um seine Taille, als er den Kopf schüttelte und dem Mädchen bedeutete, zu gehen.

Sie bedeckte immer noch ihre Brüste, rutschte sittsam vom Tisch, schnappte sich ihre hochhackigen Schuhe und schlich auf Zehenspitzen aus dem Zimmer.

Ricky ging um seinen Schreibtisch herum und sah Becky aus dem Augenwinkel an, sein Gesicht war rot.

Er holte ein Taschentuch aus seiner Hemdtasche, wischte sich die Stirn und griff in eine Schublade, um ein silbernes Zigarettenetui herauszuholen.

„Wem verdanke ich das Vergnügen?", sagte er, öffnete die Schachtel und holte eine farbige Zigarette heraus.

Er bot Becky eines an.

Sie behielt ihn im Auge, als sie zum Schreibtisch ging und eine der Zigaretten nahm.

Es war scharlachrot.

„ Überprüfen Sie noch einmal die Qualität der Ware?" sagte er und steckte die rote Zigarette zwischen seine Lippen.

Ricky kniff seine scharfen blauen Augen zusammen, als er seine Zigarette anzündete, und hielt dann das Feuerzeug hoch, um Beckys anzuzünden.

„Was bringt es dir, mich zu unterbrechen und unangekündigt hier reinzukommen?"

Becky inhalierte einen Teil der brennenden Zigarette.

Sie stieß den Rauch aus, der in einem dünnen Faden zur Decke stieg.

„Wie ich sehe, warst du in letzter Zeit beschäftigt."

Sie blickte lächelnd auf den Tisch.

Auf der Glasoberfläche waren noch immer die Schweißabdrücke an der Stelle zu sehen, an der sich das Gesäß der Frau befunden hatte.

Ricky setzte sich schwerfällig hin.

Becky konnte fast ihr Herz rasen hören, während das Blut von der unterbrochenen Sex-Sitzung immer noch durch ihren Körper pumpte.

Er musterte sie neugierig.

"Du bist fertig?"

Becky schüttelte den Kopf.

„Na und? Mir ist etwas anderes an dir aufgefallen."

Becky strich ihr Haar zurück und blickte auf das große Aquarium, das hinter Rickys Kopf leuchtete.

Großer Fisch in einem sehr kleinen Teich, dachte er ironisch.

Er hatte vielleicht Geld und Macht über Frauen, aber als er da auf seinem Stuhl saß und keine Ahnung hatte, was passieren würde, war er genauso schwach und erbärmlich wie jeder andere Mann.

„Ich nehme an, es muss das Wetter des Monats sein", sagte er trocken.

Er nahm die Tasche von seiner Schulter und legte sie vorsichtig auf die Glasfläche auf dem Tisch.

Ricky beobachtete interessiert seine Bewegungen.

Sie ging um den Schreibtisch herum und legte ihr Gesäß auf die harte Kante.

Ricky drehte seinen Stuhl herum, lehnte sich zurück und musterte sie.

„Du bist in der Stimmung", sagte er vorsichtig.

„Wann bin ich nicht?" antwortete sie.

Ricky lächelte.

Er liebte das an ihr.

Dieser kühne und willige Appetit auf Sex.

Vor allem von einer Frau.

Er hat ihn in Sekundenschnelle hart gemacht. Becky wartete darauf, dass sein Schwanz wieder aufwachte, während sie ihren Körper bewegte, um ihre Brüste zur Schau zu stellen.

„Du bist eine Hure", sagte Ricky. „Nichts hält dich auf, oder? Nicht einmal schlampige Sekunden bei einer kleinen Schlampe."

„Sie war nur die Vorspeise. Ich bin die Hauptspeise. Der wahre Sex."

Becky schob ihr Kleid über ihren Oberschenkel und schob ihre Finger zwischen ihre Beine.

Sie hatte ihr Höschen ausgezogen, bevor sie das Haus verließ, damit er einfachen Zugang zu den nackten Lippen zwischen ihren Beinen hatte.

Er sah Ricky an und nahm einen weiteren Zug an der Zigarette.

Die immer größer werdende Beule in seiner Hose verriet ihr, dass er vorhatte, in Sekundenschnelle in ihr einzudringen.

Ihre Muschi wurde bei dem Gedanken feucht, verstärkt durch das Wissen, dass die Befriedigung dieses Mal süßer sein würde als alles andere.

Sie legte ihre Hände auf die Glasoberfläche, hinterließ klebrige Abdrücke ihrer moschusartigen Muschi und manövrierte sich, bis sie direkt vor Ricky positioniert war.

Sie stellte beide Absätze auf die Armlehnen des Stuhls und spreizte ihre Beine, um ihm den vollen Blick auf das zu ermöglichen, was sich zwischen ihren Beinen befand.

Erregung blitzte in Rickys Augen auf, als er nach unten schaute und die Süßigkeiten sah, die unter dem kleinen roten Kleid verborgen waren.

„Was soll ich damit machen?" Sagte er sardonisch und hob eine Augenbraue.

Becky stützte ihre Ellbogen auf den Tisch und schaffte es dennoch zu rauchen, während sie mit einem sinnlichen Lächeln antwortete.

Sprachlos.

Ricky drückte seine eigene Zigarette aus und zerdrückte sie schamlos am Glas.

Er atmete durch die Nase, vielleicht um einen duftenden Vorgeschmack auf das zu bekommen, was kommen würde, und benetzte seine langen Finger vor seinen schönen Lippen.

„Ich werde dich fressen, bis deine Muschi in meinen Mund tropft."

Becky spürte, wie ihre Vulva kribbelte, als sie ihre Muskeln anspannte.

Sie hatte immer einen Jungen geliebt, der gerne Muschis aß.

Ricky war glücklich, sein Gesicht mit ihrem Saft zu durchtränken und mit seiner Zunge Dinge zu tun, die ihn woanders hinschicken würden.

Das wäre der humanste Weg, dachte er.

Eine euphorische Angst.

Seine großen Hände berührten ihre Knie und er spreizte ihre Beine noch weiter.

Becky sah ihn mit grimmiger Faszination an und spürte die Erregung in seinen stählernen Augen.

Er leckte sich spielerisch die Lippen.

Becky lächelte wissend.

Dann, bevor sie etwas anderes tun konnte, war sein Kopf zwischen ihren Beinen und seine heiße, feuchte Zunge arbeitete sich in sie hinein.

Beckys Kopf fiel zurück, als sie vor Vergnügen keuchte.

„Oh, verdammt."

Ricky bewegte gierig seinen Kopf und leckte ihr klebriges Fleisch.

Essen Sie, schmecken Sie, atmen Sie seinen moschusartigen Geruch ein.

„Köstlich", hörte Becky ihn mit seinem tiefen Vermont-Akzent sagen.

Auf keinen Fall würde er etwas so Köstliches wie seine süße Rache schmecken, dachte er.

Ricky öffnete den Reißverschluss seiner Hose, zog seinen Schwanz heraus und wichste sie mit schnellen, harten Bewegungen seines Handgelenks.

Becky fragte sich kurz, ob ihm ihre Muschi lieber war als die, die er wenige Minuten zuvor gefickt hatte.

Dann entschied sie, dass es ihr egal war.

Alle Männer waren gleich.

Arschlöcher, die Huren missbrauchen und Fotzen lutschen. Selbst wenn sie die Möglichkeit hätten, Sie an Orte zu schicken, von denen Sie nie wussten, dass sie existieren.

Rickys Zunge war göttlich!

Becky schaute nach unten und sah, wie sich die glänzende, runde Kopfhaut hob und senkte.

Das war sein Moment.

Sie holte Luft, hielt einen Moment inne, dann brachte sie ihre Schenkel in einer schnellen Bewegung zusammen und schloss Rickys Hals zwischen ihren Beinen ein.

Er würgte und versuchte wegzulaufen, aber ohne Erfolg.

Becky griff in die rote Tasche und holte ein Messer heraus.

Sie packte den Griff mit beiden Händen und hob ihn über Rickys Kopf.

Er plapperte weiter und packte ihre Schenkel, um sie zu spreizen.

Aber sie konnte es nicht tun.

Sie konnte nicht zulassen, dass das Messer auf ihren Kopf fiel.

Jetzt, wo der Moment da war, schien es nicht mehr wie eine Fantasie zu sein.

Es fühlte sich an wie ein Albtraum.

Sie war keine Mörderin.

Sie konnte nicht zu etwas werden, was sie nicht war.

Sie hatten sie innerlich getötet und sie verachtete sie dafür, aber kaltblütig zu töten verwandelte sie in etwas anderes.

Es machte sie weniger als sie.

Becky ließ den Druck ihrer Schenkel auf Rickys Kopf nach.

Er kam keuchend und rieb sich den Hals aus der Falle.

„Verrückte verdammte Schlampe", schrie er. "Was spielst du?"

Becky hatte die Waffe bereits in ihrer Handtasche versteckt, bevor Ricky seine Wut ausspuckte.

„Ich dachte, du würdest es vielleicht gern mit etwas Grobem versuchen", keuchte er und versuchte sein Bestes, die Angst in seiner Stimme zu verbergen.

Ricky spreizte die Beine und stand auf.

„Ich konnte nicht atmen!"

Becky fummelte an ihrem Kleid herum und stieg vom Glastisch.

Als er aufstand, bemerkte er den zweifelnden Ausdruck in Rickys Augen.

„Oh, komm schon", sagte sie. „Es hat irgendwie Spaß gemacht."

Es gelang ihm, ein Lächeln aufrechtzuerhalten, während sein Herz wild in seiner Brust schlug.

Ricky sagte nichts und suchte in seinen Augen nach einer Art Täuschung.

Er wäre der Einzige, der Blut an seinen Händen hätte, wenn er wüsste, dass sie vorhatte, ihn zu töten.

Becky ging auf ihn zu und beugte sich dicht an sein Gesicht.

Sie küsste seine errötende Wange und hinterließ einen Abdruck ihrer scharlachroten Lippe auf seiner Haut.

„Für heute habe ich genug. Ich werde besser gehen", sagte sie.

Sie nahm ihre Tasche vom Tisch und ging zur Tür.

Sie konnte Rickys Blick auf sich spüren.

Durchdringend.

Anklagend.

„Warte", sagte er.

Becky blieb stehen.

Sein Herz erstarrte.

Er drehte sich langsam um.

Rickys dunkle Umrisse wurden vom hellen Schein des Wassers im Aquarium umrahmt, während er darauf wartete, dass sie etwas sagte.

„Sie werden Ihr Geld wollen", sagte er.

Becky runzelte die Stirn.

"Welches Geld?"

„Ich bezahle immer meine Lieblingsmädchen."

Becky studierte seine Augen.

Was hat er getan?

„Das hast du noch nie gemacht."

„Es ist an der Zeit, dass ich es tue."

Er nahm ein Scheckbuch vom Schreibtisch.

Er holte einen Stift aus seiner Hemdtasche und kritzelte etwas darauf.

Als sie es Becky brachte, spürte sie, wie es in ihrem Nacken brannte.

Ricky gab ihm den Scheck.

Becky nahm es und schaute auf den Betrag.

Vierzigtausend Dollar.

Sie erbleichte und sah Ricky ungläubig an.

„Für fällige Leistungen", sagte er.

Becky blickte zurück auf die starke Gestalt.

Vierzigtausend Dollar.

Er würde seine Hypothek bezahlen.

Sie könnte ein neues Auto bekommen.

Machen Sie sich über Wasser.

Neue Klamotten kaufen.

Designerschuhe.

Ricky lächelte nicht, als er zusah, wie sie den Scheck studierte.

Der Blick, den er ihr zuwarf, war besorgniserregend.

Becky blickte nervös in seine stahlblauen Augen.

Er wusste, dass sie versucht hatte, ihn zu töten.

Er hat dafür bezahlt.

Nimm das Geld, lass mich in Ruhe, komm nicht.

Sie wollte ihn nicht enttäuschen.

Er brachte ein Lächeln zustande und drehte sich dann um, um den Raum zu verlassen. Seine zitternde Hand hielt immer noch sein neues Vermögen.

BESSER EIN DREIER

Wir drei kuschelten uns auf die Couch und sahen uns einen kitschigen HBO-Film an.

Ich saß in der Mitte und lehnte an meinen Freund Peter und seinen besten Freund Ricky, der auf der anderen Seite der Couch lehnte.

Peter drehte seinen Kopf zu uns und machte eine Bemerkung, dass es ihm nichts ausmachen würde, das zu tun, worüber wir vorhin gesprochen hatten.

Ich starrte auf den Fernseher und sah zu, wie eine Frau es mit zwei Männern zu tun hatte.

Ricky rutschte ein wenig auf der Couch hin und her.

„Ja, es sieht so aus, als könnte es Spaß machen." Sagte ich, schaute nur auf den Bildschirm und kicherte.

Das nächste, was ich wusste, war, dass Peter begann, mit seinen Händen über meine Seiten zu streichen, nach dem Saum meines Hemdes griff und daran zog.

Ricky kam etwas näher und begann, mein Bein zu reiben, während er mir in die Augen sah.

Ich hatte das Gefühl, als würde mein ganzer Körper springen, ohne sich zu bewegen.

Peter setzte mich hin und zog mein Hemd aus, meine Brüste ruhten in meinem schwarzen Spitzen-BH, die Brustwarzen waren hart und drückten gegen den Stoff.

Dann drückte er seinen Körper an meinen, schlang seine Arme um meinen Rücken und mit einer Bewegung seines Handgelenks wurden meine Brüste freigegeben.

Peter fing an, an meinen Titten zu saugen, während Ricky seine Hände zum Knopf meiner Shorts gleiten ließ.

Ich spürte, wie ich nass wurde, als Ricky meine Shorts aufknöpfte und sie über meine Hüften und Beine zog.

Zu seiner Überraschung trug sie kein Höschen.

Ricky leckte sich die Lippen und bewegte sein Gesicht näher an meine feuchte Muschi.

Ich schnappte nach Luft, als ich spürte, wie seine Zunge in meine Lippen eindrang und meine Klitoris streichelte, was Peter dazu brachte, stärker an meinen Brustwarzen zu saugen.

Ich ließ seine Hände zu seiner Hose gleiten und begann damit, sie auszuziehen.

Ich spreize meine Beine noch weiter, um Ricky den Zugang zu erleichtern.

Mein Herz begann zu rasen, als sich das Geschehen in meinem Kopf festsetzte.

Während Ricky hungrig meine klatschnasse Muschi leckte, zog er seine Hose aus und zog sich widerwillig zurück, um sein Hemd über seinen Kopf zu ziehen.

Dann fing Ricky an, an meinen Hüften zu ziehen, zog meinen Arsch an die Kante der Couch, er stand auf und ich sah seinen harten, pochenden Schwanz, kurz bevor er ihn gegen meine Lippen drückte und die Länge meiner geschwollenen Klitoris rieb.

Als Peter aufstand, zog er sein Hemd aus und warf es zur Seite.

Dann kletterte er auf die Couch, sein Schwanz war nur Zentimeter von meinem Gesicht entfernt und legte eines seiner Beine über meine Beine.

Ich stöhnte, als Ricky seinen Schwanz in meine Muschi schob und mich vollständig ausfüllte.

Instinktiv verstärkte ich meinen Griff um sein Glied.

Ich streckte meine Zunge heraus und streichelte damit über die Spitze von Peters großem Schwanz, lehnte meinen Kopf nach vorne und schlang meine Lippen um den geschwollenen Kopf.

Peter lehnte sich mit einer Hand an die Wand und ließ die Finger der anderen in mein Haar gleiten, wobei er sanft meinen Kopf führte, während ich seinen Schwanz lutschte.

Ricky fuhr mit seinen Händen an meinen Seiten auf und ab, packte meine Hüften und hielt mich still, während er mich fickte.

Mein Stöhnen ging in seinem unter.

Ich fing an, meine Hüften gegen Rickys zu schaukeln und seinen pochenden Schwanz tiefer in meine enge, feuchte Muschi zu versenken.

Ich begann, die Innenseite von Peters Oberschenkel abzutasten, legte meine Hand auf seine mit Sperma gefüllten Hoden und begann, sie sanft zu massieren, wobei ich sie in meiner kleinen Hand rollen ließ.

Ich stöhnte erneut, mein Mund war vollständig mit Peters Schwanz gefüllt.

Ich konnte fühlen, wie die Spitze seines Schwanzes meinen Rachen berührte und Precum auf meiner Zunge schmeckte.

Peter lehnte sich zurück, sein Schwanz pochte immer noch von meinem harten Saugen, und kletterte von der Couch, wobei er meine Hand in seine nahm.

Ich setzte mich auf und Ricky zog seinen Schwanz aus meiner aufgeregten Muschi.

Peter brachte mich ins Schlafzimmer, setzte sich auf das Bett, packte meine schlanken Hüften und drehte mich um.

Ricky stand vor mir und streichelte seinen harten Schwanz, während Peter meine Arschbacken spreizte.

Dann packte Ricky meine Hüften und half mir, das Gleichgewicht zu halten, während er dabei half, Peters Schwanz vor meinem engen kleinen Loch zu positionieren.

Meine Knie drückten gegen meine Brüste, als ich spürte, wie Peters nasser Schwanz gegen meinen engen Arsch drückte.

Ich stöhnte, als sein Schwanz langsam in meinen Arsch eindrang.

Ricky drückte meinen Oberkörper nach hinten und schob seinen Schwanz zurück in meine Muschi.

Ich lehnte mich zurück, meine Arme stützten mich, mein Arsch und meine Muschi waren mit Schwänzen gefüllt, ich stöhnte laut und biss mir auf die Unterlippe.

Der Schmerz und das Vergnügen, die die Doppelpenetration mit sich brachte, waren fast zu groß, um damit umzugehen.

Peter schob seinen 20 cm langen Schwanz tief in meinen Arsch, füllte ihn vollständig aus und begann dann, seine Hüften zu bewegen.

Seine Hände um meine Brust massieren meine Brüste.

Ricky pumpte wütend in meine heiße, feuchte Muschi.

Sein Atem wurde schwer und seine Hände in meinen Hüften hielten mich fest.

Ich umklammerte ihre beiden Schwänze fest und spürte, wie sich mein eigener Höhepunkt zu steigern begann.

Peters Schwanz schwoll in meinem Arsch an, als ich ihn drückte, und er fing an, mich schneller zu ficken und stöhnte dabei.

Ricky schloss die Augen und begann die vertraute Wärme an seinem Schwanz zu spüren, als er ihn gleichmäßig in meine Muschi pumpte.

Ich stöhnte bei fast jedem Atemzug und wollte spüren, wie sie in mir explodierten.

Ich drückte fester.

Peters Körper begann unter mir zu zittern, als sein Schwanz explodierte und meinen Arsch mit seinem dicken Sperma füllte.

Ihr Stöhnen vermischte sich mit dem von Ricky und meinem.

Als sein Höhepunkt seinen Höhepunkt erreichte, schlang er seine Arme fest um meine Brust und pumpte seinen Schwanz in Schüben in meinen engen Arsch hinein und wieder heraus.

Als Peter in meinen Arsch kam, spürte ich, wie mein eigener Höhepunkt meinen Körper anspannte und meine Muschi sich um Rickys mit Sperma gefüllten Schwanz zusammenzog.

Ich begann meine Hüften im Rhythmus von Rickys Bewegungen zu bewegen und wollte um seinen Schwanz herum abspritzen.

Ich warf meinen Kopf zurück und stöhnte so laut, dass ich fast schrie , als ich mit einem Schwanz in jedem Loch meinen Höhepunkt erreichte.

Ricky konnte sich nicht länger zurückhalten, er ließ los und füllte meine Muschi mit Spritzern seines Spermas.

Wir zitterten beide, unsere Stöße wurden langsamer und unser Stöhnen wurde leiser, unsere Höhepunkte ließen nach.

Ricky beugte sich vor, küsste mich sanft und lächelte, als er seinen Schwanz aus meiner Muschi zog und mir vom Bett half.

Peter stand schnell auf, stellte sich hinter mich, schlang seine Arme um meine Taille und küsste mich auf die Wange.

Er sagte zwischen Lachen:

„Ja, es hat wirklich Spaß gemacht... "

ENDE

89